この作品はフィクションです。
現実の人物、団体、建物、場所、法律、歴史、物理現象等とは異なる場合があります。

ECCENTRICS
困った子
NAME
愛崎ブレンダ
お気に入り
得意先
事務員
NAME
鏑矢惣助
保護
NAME
盾山
仕事を紹介
元事務所の後輩
闇春花
NAME
解雇
独立
社長
元部下
NAME
草薙勲
SALAD BOWL OF ECCENTRICS
キャラクター相関図
CHARACTER
SALAD BOWL OF

SALAD BOWL OF
ECCENTRICS
NAME サラ
NAME 永縄友奈
NAME 鈴切章
NAME リヴィア
NAME 皆神望愛
NAME プリケツ
友達
友達
主
側近
相棒
ホームレスの先輩
小説のモデル
助ける
信仰
姫を託す
セクキャバの教育係

これまでのお話

妾《わらわ》の名前はサラ・ダ・オディン！

パラレルワールド的な異世界から現代日本の岐阜県岐阜市に転移してきた、どこにでもいるごく普通の大魔王織田信長《おだのぶなが》の末裔《まつえい》にして天才魔術師にして帝国第七皇女！　運動がちょっとだけ苦手なのが逆にチャームポイント！

貧乏探偵、鏑矢惣助《かぶらやそうすけ》に保護された妾は、天才的な頭脳と魔王的な火力によって惣助の仕事を手伝い、大いに活躍するのであった！

惣助の得意先の弁護士・愛崎《あいさき》ブレンダや、惣助の元後輩の別れさせ工作員・閨春花《ねやはるか》らと知り合い、三国志オタクの中学生・永縄友奈《ながなわゆな》とも友達になり、こちらでの人間関係を充実させていく妾じゃったが、コナン君のような名探偵への道はまだまだ遠いようじゃ。妾の異世界生活、これからどうなっちゃうの〜!?

……一方、妾に続いて転移してきた妾の側近リヴィア・ド・ウーディスは、異世界で行き場もなくホームレスとなってしまうのじゃった。

元小説家のホームレス、鈴木《すずき》からホームレスとしての生き方を学び、橋の下で意外と楽しく生活するリヴィアじゃったが、非合法のセクキャバで得た金を持って鏑矢探偵事務所を訪れたところ、妾と再会を果たす。そのまま探偵事務所で働くことになったわけじゃが、探偵の仕事に向いてなさすぎるリヴィアはすぐに惣助に解雇され、事務所を飛び出して再びホームレス生活に戻るのじゃった。

　妾の安否もわかり、気兼ねなくホームレスとして異世界スローライフを満喫するリヴィアじゃったが、あるとき公園で炊き出しを行っていた『ワールズブランチヒルクラン』というカルト宗教団体と関わりを持ち、組織の指導者、皆神《みなかみ》望愛《のあ》から救世主として崇《あが》められることになってしまうのであった！　リヴィアの異世界生活、これからどうなっちゃうの～!?　…………いやほんとに真面目な話、あやつの人生これからどうなってしまうのじゃろうな……（真顔）。

　ネクスト妾ズヒィ～ントッ！

　妾の簪《かんざし》、実は織田家の家紋がモチーフになっておる。１巻の１９ページのイラストとか見るとわかりやすいじゃろ。グッズ化オファーお待ちしておるぞよ！

ホームレス女騎士、ととのう

11月4日　19時49分

いつものように朝から街を駆け回って空き缶や粗大ゴミを集め、リサイクルショップでそれを換金し終えたリヴィアは、銭湯にやってきた。

リヴィア・ド・ウーディス、二十歳。

銀髪碧眼《へきがん》の美しい顔立ちと抜群のプロポーションを持つ、圧倒的な美人。

そんな彼女の現在の職業は――ホームレスである。

橋の下で段ボールハウスに住んでいる彼女は、もともとは異世界から転移してきた女騎士だった。代々帝室の守護を務める名門貴族の家柄で、主君のサラ同様に彼女も『姫様』と呼ばれるような身分の人間なのだが、こちらの世界にやってきてはや一ヶ月、すっかりホームレス生活に馴染《なじ》んでいる。

番台に座る眼光の鋭い老人に料金を支払い、脱衣場で服を脱ぎ浴場へ。

よく身体を洗ったあと、広い湯船に浸《つ》かる。

五日に一度の銭湯通いが、現在のリヴィアにとって最大の楽しみであった。

百年以上前からあるという古い銭湯で、建物や設備の老朽化も激しいのだが、市内の他の銭湯と比べて料金は格安で、サウナやマッサージチェアもある。

番台の上には毛筆で書かれた『裸になれば人類皆平等』という言葉が掲げられており、その理念のとおり、ホームレスだろうがタトゥーを入れた外国人だろうがヤクザだろうが構わず受け容《い》れてくれる。

（はぁ～……気持ちいい……）

熱めのお湯が全身に染み込んでいくようで、リヴィアは恍惚《こうこつ》の吐息《といき》を漏《も》らす。

十一月に入ってから気温がいきなり下がり、特に夜はかなり冷え込む。多少の寒さは平気だが、川で身体を洗うのはさすがにつらくなってきた。これからどんどん寒さが厳しくなることを考えると、銭湯に通う頻度を増やすべきかもしれない。

（毎日……は贅沢《ぜいたく》すぎますが、タオルや石鹸《せっけん》を買わずに入浴後のマッサージチェアとフルーツ牛乳を我慢すれば、二日に一度くらい通っても問題ないはずです……）

入浴だけでなく、最近は食事にも問題が発生している。

転移してきたばかりの頃は河原にいくらでもいたバッタの数が明らかに減っているのだ。

もしや自分が獲りすぎたせいかとも思ったが、どうやら日本に棲息《せいそく》するほとんどのバッタは、冬を越せずに死んでしまうらしい。

冬が訪れる前に産卵を終え、次の春に新たな子供が生まれ、彼らがまた命をつないでいく。

なんと儚くもよくできたサイクルだが、美味《おい》しくて栄養価も高い上に食べ放題という極めて優れた食料が数ヶ月も手に入らなくなってしまうのはリヴィアにとって死活問題である。

（とりあえず完全に河原からいなくなる前に、できる限り捕まえて干しておきますか……）

乾燥させたバッタは常温保存できるので、冬の間はそれでしのぐとしよう。ぬか漬けなど保存のきくものも多めに作っておきたい。

（あとは家を改装したいですね……）

いま住んでいる段ボールハウスも十分快適だが、冬に備えて防寒対策をしておきたい。バッタやぬか漬け、毛布や衣類を保管しておくスペースも必要になってくるし、いっそ一から作り直すのもいいかもしれない。ホームレス仲間から色々工作を教えてもらったし、今の自分の技術ならばもっといい家が作れるはずだ——。

……と、そこまで考えて、リヴィアは自分が完全にホームレスのまま冬を越すという思考になっていたことに気づく。

自分の目的は主《あるじ》サラを迎えるための場所を手に入れることだ。

とはいえ当のサラは探偵事務所で楽しそうに暮らしているし、正直この街でのホームレス生活が自分の性に合っているのも事実。

（某《それがし》はこれから一体どう生きればいいのでしょう……。誇り高き帝国貴族にして姫様に仕える武人……異世界でスローライフを送るホームレス……）

そんなふうにリヴィアが自分の生き方について頭を悩ませていると、

「あれ!?　リヴィアちゃんじゃないっすか」

「え？」

不意に名前を呼ばれ、リヴィアはそちらに顔を向ける。

そこにいたのは髪を派手な色に染めた少女。

小柄で童顔だが胸はリヴィアと同じくらいあり、その豊かな双丘をぷるんぷるんさせながら彼女はリヴィアのほうに歩いてくる。

「これはプリケツ殿。お久しぶりです」

プリケツ――源氏名のため本名は知らない。

リヴィアが彼女と出会ったのは、この世界に転移してきて数日後のこと。

公園で会ったチンピラに「手っ取り早く稼げる仕事がある」と紹介されて働くことになったセクキャバで、リヴィアの教育係になったのがプリケツだった。

しかしそのセクキャバは、実は法律で認められていない性的サービス――いわゆる「本番行為」というものだ――を行う店だったらしく、リヴィアが入店したその日に警察の摘発を受けた。

警察に素性《すじょう》を訊《き》かれると厄介《やっかい》だったのでリヴィアは店の窓から逃走し、プリケツとはそれ以来会っていなかった。

「奇遇っすねリヴィアちゃん」

リヴィアの隣にやってきたプリケツが笑顔で言った。

「そうですね」とリヴィアも笑みを返す。

「元気してたっすか？」

「ええ、まあ」

「まだホームレスやってるんすか？」

「……はい」

リヴィアは少し恥じらいを覚えながら頷《うなず》き、

「プリケツ殿はお変わりありませんでしたか？」

するとプリケツは苦笑を浮かべ、

「いやー、あの店あれから結局閉店になっちゃったんすよねー」

「そうだったのですか」

件《くだん》のセクキャバの扉に、しばらく営業を休止するという張り紙があったのだが、そのまま潰《つぶ》れてしまったらしい。

「なんかあのときの摘発で店長がいろいろヤバいことやってたのがバレて、ヤクザに追われて逃げちゃったらしいっす。まあ自分らはただのバイトなんで詳しいことよく知らないっすけど。んで、自分らも寮を追い出されちゃったっす」

「なんと……。ではプリケッツ殿は今どちらに？」

「友達んとこに泊めてもらってるっすけど、二人で住むには狭すぎるんで新しい部屋探してるとこっす。あと新しいバイトもなる早で見つけないとっすねー」

住居探しに仕事探し。

リヴィアとしては他人事《ひとごと》とは思えない状況であったが、

「プリケッツ殿は、お身内などはおられないのですか？」

リヴィアのような異世界人ではなく、この国の戸籍を持つ人間ならば、親族の一人や二人いるのではないだろうか。仮に天涯孤独であったとしても、かつて先輩ホームレスの鈴木《すずき》に聞いた話によれば、この国には家や金がなく困っている国民を救済するための施設や制度があるという。

プリケッツは少しばつが悪そうな笑みを浮かべ、

「いやー、自分実は家出中なんすよねー。だから実家には戻れないんすよ」

「なるほど……」

「うぃっす。だから早いとこバイト見つけて部屋探さないと。でもキャバやガールズバーだとあの店より稼げるところってなかなかないんすよねー。やっぱソープとか行くしかないっすかねー」

「そーぷ、とはなんですか？」

「エロいことする店っす」

リヴィアが訊《たず》ねると、プリケツはあっけらかんとした口調で答えた。リヴィアは少し顔を赤らめつつ、

「エ……！　……そ、それはセクキャバとは違うのですか？」

「セクキャバは本番ＮＧなんすけど、ソープは最後までヤっちゃうんすよ。や、ホントはソープも本番ＯＫってわけじゃないらしいんすけど、たしかお客さんと店員が一緒にお風呂に入ってるうちに恋に落ちちゃった〜みたいなタテマエでエッチするらしいっすよ。他には女の子をお客さんの部屋に派遣して、あとは本人たちの自由意思ってタテマエのデリヘルってのもあるっすね」

「い、いかがわしいお店にも色々な形態があるのですね……」

リヴィアは少し感心してしまいつつ、

「ええと、プリケツ殿はその……見知らぬ男に身体を差し出すのは平気なのですか？」

セクキャバで抵抗なく胸を揉《も》ませていたプリケツの姿を思い出しながら訊ねると、

「いやー、やっぱ抵抗はあるっすよー。あの店でも自分は本番やってなかったし。おっぱい揉まれるくらいなら、別に減るもんじゃないし、お金くれるなら全然いいんすけどね。でもま、いざとなったらしゃーないと思うっす」

プリケツは自分の胸を揉みながら答えた。

「しかしお金を稼ぐにしても、もっと堅実な仕事だってあると思うのですが……」

「そりゃそうっすけど、短期間で稼げてちゃんと仕事以外の時間も確保するとなると、どうしても風俗系になっちゃうんすよね」

「急いでお金が必要な事情があるのですか？」

その問いに、プリケツは少し間を空け、少し照れたような表情を浮かべ、

「自分、実はバンドやってるんすよ」

「ばんど、とはなんですか？」

「えっ、そこからっすか!?」

訊《たず》ねたリヴィアにプリケツが驚く。

「あーそっか、リヴィアちゃん外国人っすもんね……。えーと、バンドってのはなんか、音楽やるグループ？　みたいなやつのことっす」

「おお、プリケツ殿は音楽家だったのですか」

「いやいや、まだ全然音楽家って言えるようなもんじゃないっすけど。でも、いつかメジャーデビューしてプロのミュージシャンになりたいって思ってるっす」

はにかみながら語るプリケツの声には、確かな情熱があった。

「目標があるというのは素晴らしいと思います。頑張ってください」

リヴィアが心からそう言うと、プリケツは少し顔を赤らめ、

「あざっす。だからまあ、そのためにもお金稼がないといけないんすよね。スタジオ代とかチケットノルマとかでお金かかるし、上京するときのために貯金もしとかないと。練習時間も確保しなきゃだし」

気楽そうに見えて、彼女なりにしっかりとした考えを持っているらしい。

「なるほど……大変なのですね」

「まーさすがに外国人でホームレスやってるリヴィアちゃんほど苦労はしてないと思うっすけどね」

「たしかに今の某《それがし》は社会の底辺にいますからね……」

苦笑を浮かべるプリケツに、リヴィアも苦笑を返し、そして二人揃《そろ》ってため息を吐く。

と、そこでプリケツが手でお湯をすくって自分の顔にかけ、

「あー暗い話はやめやめっ！　せっかくでかい風呂に入ってるんすから」

「そうですね」とリヴィアが頷《うなず》く。

「そうだリヴィアちゃん、サウナ行かないっすか？」

「いいですね」

即座に応じたリヴィアに、プリケツは嬉《うれ》しそうに、

「おっ、リヴィアちゃんもサウナ好きっすか？」

「はい」

っすよね」

「いいっすよねーサウナ。自分の友達、サウナは苦手って人ばっかなんすけど、もったいない

「同感です」

リヴィアが頷《うなず》くと、プリケツは「んじゃ、行きましょ」と立ち上がった。

リヴィアも続いて立ち上がり、二人は湯船から上がってサウナに入る。

他のお客さんはいなかったので、二人はストーブの間近に座る。

お互い「はー」とか「ふー」としか喋《しゃべ》らず、全身から汗とともに溜《た》まった疲れが流れていくような感覚を味わいながら、室内に設置されているテレビの映像をぼーっと眺める。

放送されているのは探偵モノのドラマのようで、途中からなので話はよくわからないが、とりあえず登場人物のなかで一番美形の男が主人公の探偵なのはわかった。

(こんな目立つ人に探偵など務まるのでしょうか……)

目立ちすぎて探偵の仕事は無理だということで鏑矢《かぶらや》探偵事務所を即クビになったリヴィアは、そんな疑問を抱《いだ》くのだった。

高温で蒸され、全身から汗を流すこと十五分、

「じゃ、自分はこのへんで」

プリケツがそう言って立ち上がった。

「では某《それがし》も」

リヴィアも続き、二人してサウナを出る。

あとはシャワーで汗を洗い流して、風呂から上がり休憩所でフルーツ牛乳を飲む。思いっきり汗をかいたあとのフルーツ牛乳ほど美味《おい》しいものはない。

銭湯で広いお風呂に入り、〆でサウナに入ってフルーツ牛乳を飲むのが、今のリヴィアにとって最高の贅沢《ぜいたく》なのだった。

プリケツもきっと同じだろう――と思いきや、プリケツはシャワーには向かわず、タライで湯船のお湯をすくって何度か身体にかけて汗を流すと、なんと躊躇《ためら》うことなく水風呂に入っていった。

「な、なにをしているのですかプリケツ殿⁉」

リヴィアはギョッとして声を上げる。

「ひゃ～、冷たっ」

小さく悲鳴を上げつつも、肩までしっかり水に沈めていくプリケツ。

この銭湯にある設備の中で唯一リヴィアが利用したことがないのが、この水風呂であった。

ただでさえ毎日冷たい川に入っているのに、わざわざ冷水に入るなどまったく意味がわからない。

「？　ほら、リヴィアちゃんもはやく入るっすよ」

プリケツが不思議そうな顔をして言った。

「なぜそんなことを……？　せっかく温まった身体が冷えてしまうではありませんか」

「え、もしかしてリヴィアちゃん、サウナのあと水風呂入らないんすか？　ととのうっすよ」

「ととのう？」

「ととのうってのは……あー、口じゃ説明できないっすね。とにかくまずは水風呂に入るっすよ」

「むう……」

プリケツに促され、リヴィアは躊躇《ためら》いながらも「ととのう」とやらが気になったので、かけ湯をして汗を流したあとそろそろと足を入れる。

水風呂の冷たさは最近の長良川《ながらがわ》と同じくらいで、温まった身体にはかなり堪《こた》える。

「ほら、ざぶっと！」

「クッ……」

歯を食いしばりながらリヴィアはゆっくりと肩まで水に浸《つ》かる。

肌が水に触れた瞬間は悲鳴を上げたくなるほど冷たく感じたのだが、ほんの数秒ほどで水温に身体が慣れてきた。

身体に宿ったサウナの熱と水の冷たさが抵抗し合っているようで、肌がぴりぴりと痺《しび》れるような不思議な感覚がある。

「たしかに不思議と気持ちがいいですね……これがととのう、なのですか？」

プリケツに訊《たず》ねると、彼女は首を振って、

「まだまだこれからっす」

そう言って立ち上がり、水風呂から出るプリケツ。

「水風呂は一分くらいで上がるっすよ」

「わかりました」

プリケツに言われ、リヴィアはとりあえず頭の中で五十数え、水風呂から上がった。

プリケツが壁際に並べられたプラスチックの椅子に座ったので、リヴィアも彼女の隣の椅子に腰掛ける。肌のぴりぴりした感覚はまだ残っている。

「ここで十分くらい休憩っす」

背もたれに体重を預け、目を閉じるプリケツ。

リヴィアも真似《まね》をして、椅子に背中を預けて目を閉じる。

「サウナ十五分、水風呂一分、休憩十分。これを三セットやるんすよ」

「そうすると、ととのう、のですか？」

「自分はそうっすね。個人差もあるみたいなんで、駄目だったらサウナに入る時間を変えてみたりして試すといいっす」

「はあ……」

どうにも釈然としないまま、とりあえずプリケツに従い、そのまま十分休憩する。

一度脱衣場に出てウォーターサーバーで水分を補給したあと、再びサウナ、水風呂、休憩。

身体が慣れたのか、水風呂が一度目よりも気持ちよく感じた。

それから二度目の水分補給ののち、三セット目。

水風呂に入ることの抵抗感は消え、もっと長く浸《つ》かっていたいとさえ思いながら水風呂を出て、椅子に座ってくつろぐ。

目を閉じ、無心で身体を休めることしばし。

その感覚は急にやってきた。

まるで全ての悩みや疲れが一気に吹っ飛んでいくかのような、得も言われぬ快感。

それはたしかにプリケツの言うとおり、言葉では上手《うま》く言い表せない、酒による酩酊感《めいていかん》や性的な快楽ともまったく違う不思議な感覚。

強いて言えば、一ヶ月前——こちらの世界に転移してくる直前、サラを異世界への《門《ポータル》》へと逃がすため単身追っ手に挑み、二十人を超える反乱軍兵士との死闘をどうにか生き延びた直後の、高揚感や万能感がごちゃ混ぜになったような感覚に似ている。

(これが……ととのう……！)

ほどなく、隣のプリケツも「はあ〜〜〜」と魂が抜けるような声を漏《も》らした。どうやら彼女もととのったらしい。

「ととのいました……」

リヴィアが言うと、プリケツは恍惚《こうこつ》の表情を浮かべながら、

「それはよかったっす。…………最高でしょ」

「はい……」

リヴィアはプリケツと同じような表情で、気の抜けた声で返す。

「これは……病みつきになりそうです」

「でしょー……悩みとか全部どうでもよくなるっすよねぇ……」

「ですねえ……もう何も考えられません……」

二人はしばらくそのまま中身のない会話を続けたあと、再び湯船に十五分ほど浸かり、浴場を出た。

服を着て髪を乾かし、なけなしのお金でフルーツ牛乳を買って飲む。

「リヴィアちゃん……自分いま、めっちゃ幸せ感じてるっす」

「某《それがし》もです。こんな日々がずっと続けばいいとさえ思います……」

「っすよねー」

「はい……」

そういうわけにはいかないと思いながらも、リヴィアは心が満たされるのを抑えられなかった。

11月4日　21時36分

「ただいまーっす」

銭湯でリヴィアと別れ、源氏名プリケツこと本名弓指明日美《ゆみさしあすみ》は現在泊めてもらっている友人宅へと帰ってきた。

築六十年、洗濯機ベランダ置きの狭いワンルームで、家賃は一万五千円。

風呂は一応あるのだが現在は物置と化しており、銭湯に通っているのはそのためだ。

中にはこの部屋の借主で、友人でありバンドメンバーの秋山《あきやま》と、他に二人の人間がテーブルを囲んでいた。

友近《ともちか》と山崎《やまざき》、どちらも明日美のバンドメンバーである。

「どしたんすか？　みんな集まって」

なにやら深刻そうな顔をしている三人に、明日美が訊《たず》ねると、

「明日美に大事な話があるのよ」

明日美のほうに顔を向けず秋山が言った。

「えー、もしかして早く出てってほしいって話っすか？　いま頑張って部屋探してるところなんで、もうちょっとだけ待ってほしいんすけど」

「そうじゃなくて」

秋山が小さく首を振り、やがて意を決したように明日美に顔を向け、

「あたしたち、バンド辞めることにしたの」

「え……」

秋山の言葉に、明日美は手に持っていたスポーツバッグを床に落としてしまった。

「や、辞めるってどーゆーことっすか!?　解散ってことっすか!?」

「まあ、四人中三人が抜けるんだから解散ってことになるね」

「なんでっすか!?　みんなでプロになるって誓ったじゃないっすか！」

「無理だったんだよ、うちらには」

力なくうなだれて友近が言い、山崎も続けて、

「ライブの集客全然増えないし、動画の再生数も全然だし、たまにコメント付いても微妙な感想ばっかだし」

「それくらいで諦《あきら》めてどうするんすか！　もっといい曲作ってもっと練習すればいつかきっと――」

「もう限界なんだよ！」

明日美の言葉を遮《さえぎ》って秋山が叫び、

「……やっぱさあ、才能なかったんだよ」

「お金もないしね」

山崎《やまざき》が自虐的《じぎやくてき》に続けた。

「才能ないなんて決めつけるのはまだ早いっす！　お金なら自分がもっとバイト頑張って貯めるっすから！」

「重いのよ！」

再び秋山《あきやま》が叫ぶ。

「ぶっちゃけあたしら、あんたがバンド活動続けるために風俗で働き始めたとき、ドン引きだったからね。そこまでして音楽やる覚悟、あたしらには最初からなかったの」

「そんな……」

愕然《がくぜん》として明日美《あすみ》が友近《ともちか》と山崎に顔を向けると、二人はばつが悪そうに目を逸《そ》らした。

四人組ガールズバンド『節子《せつこ》それドロップやない』。

ボーカルが明日美、ギターが秋山、ベースが友近、ドラムが山崎。

明日美たち四人は同じ高校の出身で、秋山、友近、山崎の三人は明日美の一つ上の先輩だった。

軽音部だった秋山たち三人が組んでいたバンドのボーカルが卒業して抜け、「合唱部にめちゃくちゃ歌が上手《うま》い一年生が入った」という噂を聞きつけた三人がその一年生――明日美を勧誘し、現在の形になった。

三人が高校卒業後もプロを目指してバンド活動を続け、明日美も去年卒業し、本気でメジャーデビューを目指して上京するための資金を貯めているところだった。

「そういうことだから……あたしたちは抜ける」

そう言って秋山が立ち上がる。

「そんな！　先輩たちがいなくなったら自分どうしたらいいんすか！」

「……ごめんね」

秋山が言い、友近と山崎も続いて「ごめん」と謝った。

「あたし、今日から彼氏の部屋に住むから、しばらくは明日美がこの部屋使っていいよ。新しい部屋決まったら連絡して。必要なものはもう向こう送ってあるから、残ってる家具とか服も好きにして。ギターも」

秋山は早口で言うと、部屋の隅に立て掛けてあるギターを一瞥《いちべつ》し、すぐに目を逸らした。

「ギターも置いてくから。売ればちょっとはお金になるでしょ」

秋山の言葉に明日美は、彼女がもう本当に音楽を続ける意思がないのだと悟る。

「うう……」

嗚咽《おえつ》を漏《も》らし、そのまま床に座り込む明日美。

そんな明日美から逃げるように、三人が部屋を出ていく。

一人残された明日美は、それから涙が涸《か》れるまで泣き続けたのだった。

かくて、プロのミュージシャンを目指していた少女たちの夢は終わった。
日本全国どこにでも転がっているような、よくある若者の挫折《ざせつ》エピソード。
これはその一つに過ぎないのだった……………はずなのだが……?

姫とカラオケ喫茶

11月8日　7時28分

鏑矢《かぶらや》探偵事務所の入っているビルの一階は喫茶店になっており、ビルのオーナーが経営している。

カラオケ喫茶『らいてう』――文字通りカラオケも楽しめる喫茶店である。

カラオケは一曲百円で、カラオケのみの利用は不可。

営業時間は七時から十九時まで。

従業員はマスターでもあるオーナーの老人と、アルバイトの女子大生の二人。席数は二十席ほどだが、駅からも繁華街からも離れているため半分以上埋まることはほぼなく、二人で十分回せるらしい。

現在、惣助《そうすけ》とサラはそんな『らいてう』で朝食をとっていた。

基本的に朝食は事務所で食べるのだが、疲れていたり朝食を作るのが面倒だったり米を炊くのを忘れていたり冷蔵庫に何も入っていなかったりしたときはここを利用する。ちなみに今朝は冷蔵庫に何もなかったパターンだ。

鏑矢惣助《かぶらやそうすけ》、二十九歳。

中肉中背で、これといった特徴のない地味な印象の男。職業は探偵。

その対面に座るサラは、逆に印象が強烈すぎる美少女である。

サラ・ダ・オディン、十三歳。

金色の髪に金色の瞳。二本の簪《かんざし》で髪をまとめている。

だが、本当に強烈なのは容姿ではなく彼女のプロフィールのほうだ。

異世界から転移してきたお姫様で、種も仕掛けもない本当の魔術を操る。

頭脳明晰《ずのうめいせき》で適応力が異常に高くこちらの世界のハイテク機器をあっという間に使いこなすようになり、本、テレビ、ネットなどを駆使して興味のある知識を片っ端から吸収している。コミュ力も高く物怖じしない性格で、『らいてう』の従業員二人ともすぐに仲良くなった。あと何故《なぜ》か笑いに対する意識が高く、ちょくちょくボケては惣助を笑わせにくる。

とはいえ、目の前に盛られた朝食を満面の笑みを浮かべて美味《おい》しそうに食べるサラの姿は、どこにでもいる無邪気な子供のようにも見える。

「うまい！　うまい！　うみゃい！」

アニメキャラの真似《まね》をしながらサンドイッチを頬張るサラに「口に物入れたまま喋《しゃべ》るな」と注意しつつ、惣助も目玉焼きを口に運ぶ。

二人が食べている朝食のメニューは、山盛りのサラダとサンドイッチ、スクランブルエッグ、目玉焼き、ウインナー、ベーコン、コッペパン、柿。一つ一つはなんてことのない料理だが、種類も量も多いのでまるでバイキング会場に来たかのようだ。
貧乏探偵にあるまじき贅沢《ぜいたく》な朝食……のように見えるが、実は惣助が注文したのは自分のコーヒー一杯とサラのココア（ともに五百円）のみで、このテーブル狭しと並ぶ料理は、すべて飲み物についてきたサービスなのだ。

この地方には、モーニングサービスという文化がある。

喫茶店で朝（大抵は午前十時くらいまで）に飲み物を頼むと、サービスで朝食が付いてくるというもので、岐阜県はモーニング発祥の地の一つとされる。

モーニングといえば愛知県名古屋市が特に有名だが、岐阜県でもほとんどの喫茶店で行われており、地元民の生活に根付いている。そのためか岐阜・愛知二県の喫茶店愛は全国でも突出しており、一世帯あたりの喫茶店への年間支出額は一位が岐阜県で、愛知県もそれより少し低いが三位の東京に大差をつけて二位。

市町村ごとの統計に至っては、ここ岐阜市が名古屋市すらぶっちぎって断トツとなっているほどに、岐阜市民は喫茶店大好きである。

君はまた一つ岐阜について詳しくなりましたね。

「しかしまー、こんなサービス盛り盛りでちゃんと儲《もう》かっておるのかや？」

サラが当然の疑問を口にすると、

「ほとんど老後の趣味でやっているようなものだからね。お客さんが満足してくれればそれでいいのさ」

カウンターの中でコーヒーを淹《い》れていたマスターが、柔和《にゅうわ》な笑みを浮かべてそんな聖人のようなことを言った。

マスターの名は吉良一滋《きらかずしげ》。

七十歳くらいの老人だが背筋はピンと伸び、髭《ひげ》も髪も整えていて清潔感と若々しさを感じる。

「そうそう。サラちゃんは気にせずいっぱい食べて」

続いて笑顔で話しかけてきたのは、アルバイトの黄鈴麗《ファン・リンリー》。

丈の短いチャイナドレス風エプロンを身に纏《まと》う、すらりとした美脚の美人で、短い黒髪に白のメッシュを入れている。

大学生……とのことだが、惣助《そうすけ》がこのビルの二階を借りた三年ほど前から既《すで》に『らいてう』で働いており、その当時から営業時間中ずっと店にいて、大学に通っている様子はない。

年齢は見たところ二十五は超えており、これも不自然に思えるのだが、なんとなく怖くて直接訊《たず》ねたことはない。

（よく考えたら謎だよな、この人……）

思わず惣助がリンリーにまじまじとした視線を向けると、

「ん？　どーしたの惣さん」

「いや、べつになんでもない」

ごく自然な口ぶりで誤魔化《ごまか》し、惣助はコッペパンを上から半分ほど裂いてウインナーとレタスとスクランブルエッグを挟み、ホットドッグ風にアレンジする。するとそれを見ていたサラが目を丸くして、

「こ、こりゃ惣助！　そんな食べ方があるなら先に教えんか！」

見ればサラは既にウインナーを全部食べてしまっていた。

「普通にジャム付けて食えばいいだろ」

「うーむ……ジャムも捨てがたいのじゃが、そんなシャレオツな食べ方を知った後では見劣り感は否めぬ……」

「そんなシャレオツか……？」

小首を傾《かし》げつつ、惣助は小さく笑い、サラに見せつけるようにホットドッグにかぶりつく。

「ああ〜！」

サラが目を見開いて悲鳴を上げる。

「うん、美味《うま》い」

「ぐ、ぐぬぬ……朝食にホットドッグとはなんというオシャンティ！　気分はすっかりアメリカン！」

「また今度来たときにこうやって食えばいいだろ」

サラがあまりに悔しそうにするので惣助《そうすけ》が取りなすように言うと、

「次はいつモーニングするのじゃ!?　明日!?」

「明日ではない」

惣助の答えにサラが肩を落とす。そこへリンリーが笑いながら、

「サラちゃん、よかったらウインナーのおかわり持ってこよっか?」

「よいのか!」とサラが目を輝かせる。

「うん。そのかわり一曲歌ってってよ。久しぶりに惣さんの歌きたーい」

「……金取るんだよな?」

確認する惣助に、リンリーは「もちろん」と頷《うなず》く。惣助がこの店でカラオケを使ったことは数えるほどしかない。理由は単純に百円をケチっているだけだ。

「まあたまにはいいけど……朝っぱらから歌うのもなあ」

カラオケ喫茶とはいえ、午前中は食事目当ての客ばかりで、カラオケを楽しむ常連客たちが来るのは昼過ぎからなのだ。

今も店内にはスーツ姿の男性客が四人と、髪を派手な色に染めた少女が一人、モーニングを食べている。

「惣助!　妾《わらわ》は歌いたいぞよ!」

サラが元気に手を挙げて言った。

「サラちゃんが歌ってくれるの？　それも聞きたい！　でもうちのカラオケ、外国の歌あんまり入ってないけど大丈夫？」

マスターやリンリー、得意先の弁護士など頻繁《ひんぱん》に顔を合わせる相手には、サラのことはスウェーデンから来た留学生で、ホームステイ先が全焼したため、ステイ先の家族と古くから付き合いのあった惣助のもとで預かっていると紹介してある。

リンリーの言葉にサラは頷き、

「うむ。スポティファイで聴きまくってこっちの曲も色々覚えた」

アニメや漫画やゲームや歴史や科学技術だけでなく、この世界の音楽にも興味津々《きょうみしんしん》なサラは、しょっちゅう本を読みながらスマホで音楽も聴いている。

アニソン、ロック、アイドルソング、ヒップホップ、ボカロ、ＥＤＭなどジャンルを問わず、最新のヒット曲から昭和の曲まで片っ端から聴き、最近ではＣＭを飛ばしたいのでスポティファイを有料プランにしろとねだってくるほどだ。

「惣助、せっかくじゃしデュエットするぞよ。Ｌｅｍｏｎは歌えるかや？」

「米津玄師《よねづけんし》？」

「うむ」

「歌えはするけど、あれデュエットするような曲か？」

首を傾《かし》げる惣助を無視して、サラは店内に設けられたステージに上がり、タッチパネル式のリモコンを操作して曲を入れる。

「ほれ惣助《そうすけ》、早く来るのじゃ！」

サラに呼ばれ、リンリーからマイクを受け取り、仕方なく惣助もステージに立つ。

リンリーが「ひゅ～」っと口笛を吹いて拍手し、マスターもニコニコと拍手をする。さらには他のお客さんまでこちらに注目していた。

イントロが流れはじめ、惣助は少し恥ずかしく思いながらも歌い始める。

「夢なぁらばぁ～♪　どぉ（略）」

惣助の歌唱力はなかなかのもので、学校の音楽の授業や友人たちとのカラオケでは「地味に上手《うま》い」だの「意外にも上手い」だの言われ続けた。

一方サラはというと、

「ウェッウェッ！」

……メインパートは一切歌わず、曲の中でたまに入っている「ウェッ！」という間《あい》の手のような謎の声（？）を、変顔と変なポーズを決めながら歌って（？）いた。

（しかもやたらと再現度高いし……。ていうかこれデュエットか？）

心の中でツッコみながら、噴き出すのをこらえてどうにか歌い続ける惣助。

見ればリンリーもマスターも他のお客さんたちもみんな笑っている。

（ま、みんな楽しそうだからいいか）

そう割り切って最後まで歌いきると、店中から惜しみない拍手が送られた。

中でも一際大きな拍手をしていたのは、髪を派手に染めた少女だった。笑いすぎたのか目尻には涙まで浮かんでいる。

「かかっ、そなた良い反応じゃの！　妾《わらわ》も練習した甲斐《かい》があったというものじゃ！」

少女に向けてサラが機嫌よく話しかける。

「いやーサイコーだったっすよ。なんで『ウェッ！』の再現度に本気出しちゃったんすか」

「ほんとそれな！」

少女の言葉に惣助《そうすけ》は思わず同意した。

「は〜、なんか楽しい気分になったんで自分も一曲歌っちゃおっかな」

少女が立ち上がり、ステージのほうに歩いてくる。

サラと惣助は少女に場所を譲り、自分たちの席へと戻った。

少女が曲を入れ、イントロが流れ始める。三年ほど前に大ヒットした女性アーティストの曲で、音程の変化が激しくテンポも速いので上手《うま》く歌うのはかなり難しい。

が、彼女はそれを完璧なまでに歌いこなしていた。声量も店の壁が震えるほど大きく、非常に迫力がある。

惣助もサラも他の客たちも、誰もが食事の手を止めて歌っている彼女に見入ってしまう。

曲が終わって彼女が「ふう」と息を吐くと、誰からともなく自然に喝采《かっさい》が沸き起こった。

「へへへ、あざまっす」

少女が照れ笑いを浮かべ、ぺこりとお辞儀をする。

「そなためちゃんこ上手じゃな！　惣助の歌が霞《かす》んでしまうほどじゃ！」

「うんうん。惣さんの歌も上手いんだけど今のを聴いちゃうとちょっとアレね」

口々に言うサラとリンリーに「俺と比べるのやめてくれませんかね」と半眼になる惣助。

「でも君、マジでめちゃくちゃ上手いな。もしかしてプロの人？」

惣助が訊《たず》ねると少女は苦笑を浮かべて、

「いやー、自分なんてまだまだっすよ」

「そうか？　普通にプロレベルだと思ったけど」

「へへへ、そう言ってもらえると嬉《うれ》しいっすけど。でもホントまだまだなんで」

そう言って、少女は自分の席へと戻っていった。

１１月８日　８時１１分

「ごちそうさまでした～」

「よかったらまた歌いに来てくださいね」

「うぃっす」

店員の女性にそう返し、少女――夢破れたアマチュアミュージシャン、弓指明日美《ゆみさしあすみ》はカラオケ喫茶『らいてう』を後にした。

モーニングサービスの量が多いという情報を知って初めて入った店だったが、カラオケをするつもりはまったくなかった。

だが、あの男性と少女のコンビ――そういえばあの二人はどういう関係だったのだろう、親子には見えなかったが――のカラオケで店にいた人たちみんなが笑顔になっているのを目《ま》の当たりにして、自分もあんなふうに歌で誰かを笑顔にしたいという想いがこみ上げてきた。

明日美が『らいてう』で歌った曲は、バンドを組んでから初めての高校の文化祭で演《や》った曲で、明日美はあのとき初めて大勢の人の前で歌った。

文化祭のステージは大成功で、「あたしらプロになれるんじゃね!?」などとみんなして言い合い、その場の流れで本当にメジャーデビューを目指してみようということになった。

バンドが解散して三日、これからどうしようかとずっと考えていたのだが、今、明日美の胸にはあのときの気持ちが甦《よみがえ》っていた。

(やっぱ自分、歌うのが大好きなんすよねー)

だから一人になっても諦《あきら》めないと決めた。

とはいえ前途は多難だ。

作曲は他のメンバーの担当だったから一から勉強しないといけないし、楽器もギターなら多少は弾けるがプロのレベルにはほど遠い。機械に疎《うと》くて動画の収録や配信も人任せだったが、これからは自分でやるしかない。

そもそもソロシンガーとしてやっていくのか、新たにメンバーを集めて再びバンドを結成するのかも未定だ。

それでも、なにはともあれ。

夢破れた少女は、再び夢を追いかける決意をしたのだった。

「ウェッツウェッツ」と口ずさみながら、明日美は軽やかな足取りで歩いて行く。

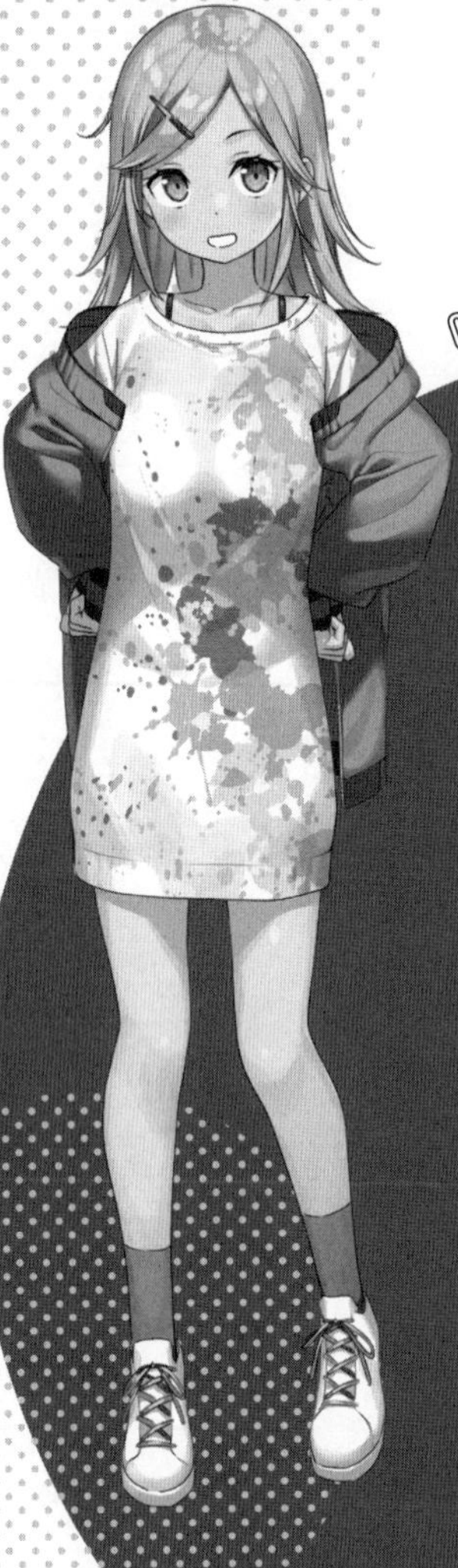

CHARACTERS

SALAD BOWL
OF
ECCENTRICS

~~デリケツ~~ NAME
あすみ
ジョブ:フリーター
アライメント:中立/混沌

STATUS

体力:	68
筋力:	42
知力:	39
精神力:	76
魔力:	0
敏捷性:	48
器用さ:	68
魅力:	83
運:	25
コミュ力:	81

ホームレス女騎士、並ぶ

11月5日　12時19分

「ようっ、リヴィアちゃん。また会ったね」

リヴィアが銭湯でプリケツと再会した翌日の昼。

公園で炊き出しのおにぎりを食べていると、一人の男がヘラヘラした笑みを浮かべながら声をかけてきた。

派手なジャケットにオールバックの、いかにもチンピラ然とした若い男である。

「あなたは……！」

リヴィアは警戒の色を浮かべて男を睨《にら》む。

たしか名前はタケオ――リヴィアをセクキャバに入店させたのがこの男だ。

「よくも某《それがし》をあんないかがわしい店で働かせてくれましたね！」

リヴィアの抗議にタケオはまったく悪びれた様子もなく、

「え、なに言ってんの。あそこで働くって決めたのはリヴィアちゃんでしょ？」

「ぐっ……そ、それは……！」

たしかに自分の意思で誘いに乗ったのは事実なのだが、どういう仕事なのか知っていればついて行かなかった……と思う。それにこの男が、わざと仕事の中身を詳しく説明しなかったのは間違いないのだ。

釈然としない顔をするリヴィアに、タケオは軽薄な笑みを浮かべて、

「でもツイてなかったね。入店初日にガサ入れなんてさ。べつにオレが悪いわけじゃないんだけど、リヴィアちゃんには気の毒なことしたなーって思ってたんだよ」

「……」

あくまで自分に罪はないことを強調するタケオに、リヴィアは頬を引きつらせる。しかしタケオはそんなことは気にもとめず、

「で、そのお詫びにリヴィアちゃんに、新しい仕事を紹介しようと思ってさ」

「新しい仕事……？」

「うん。今回は店に入るってわけじゃなくて、単発のバイトみたいなもんなんだけど」

「お断りします。どうせまたいかがわしい仕事でしょう」

「全然違うってー。今回はマジで、エロいこととかなんにもなし。もちろん合法で超健全！まあそのぶん風俗と比べたら稼ぎはしょぼいけど、空き缶拾うよりは全然いいと思うよ。なにより世のため人のためになるし！」

「世のため人のため……？」

そう聞いて、リヴィアは少し興味を抱《いだ》く。

今の生活はそれなりに気に入っているのだが、やはり主《あるじ》サラに胸を張って見せられる姿ではないという負い目がある。ホームレスのままでも何か世のため人のためにできることがあるのなら、やってみたい。

「……一応、話を聞かせてもらいましょう」

リヴィアの言葉に、タケオは「おっけー」と軽く頷《うなず》き、

「仕事っつってもまあ簡単なもんだよ。明日、『ギフューム』って店に朝イチで並んで限定品を買ってきてほしいんだ。もちろん代金はこっちが払うよ」

「それだけ、ですか？」

「ああ。それだけ。で、報酬《ほうしゅう》は三千円。どう？」

たしかに一瞬で三万円もらえてしまったセクキャバよりは全然安いが、子供でもできそうなお使いで報酬が出るというのは怪しい。

「……その店は一体なんの店なのですか？」

「若い女の子向けのセレクトショップだよ。服とかバッグとか売ってる。買ってきてほしい限定品ってのはなんか有名なデザイナーとコラボした服で、それが明日発売になるんだ」

「……べつに怪しい取引というわけではないようですね」

「もちろん！」

「あなたが自分で買いに行かないのはどうしてですか?」

「限定品を買えるのは女性のお客さんだけなんだよ。しかも一人二着まで」

「なるほど」

それならばリヴィアに頼むのも納得だ。

「……しかし、これがなぜ世のため人のためになるのですか?」

「限定品がどうしても欲しいけど、その日用事があったり住んでるとこが遠かったりで、店に行けない人だっているだろ?」

「まあ、そうでしょうね」

「それに数にも限りがあるから、開店する何時間も前から並ばなきゃ買えないかもしれない。そういう人たちの苦労を代わりに請け負ってあげる見返りに、ちょっとだけ手数料をいただいて、本当に欲しい人たちのもとに届ける。それがオレ……っていうかオレのお客さんの仕事なのさ」

「なるほど……そんな仕事もあるのですね」

リヴィアは納得し、

「わかりました。引き受けましょう。店の場所を教えていただけますか」

かくしてリヴィアは、**転売ヤー**の片棒を担ぐことになったのだった。

11月6日　10時16分

まだ夜が明ける前からセレクトショップ『ギフューム』の前に並び、リヴィアは開店して間もなく、依頼の限定パーカーを二着購入することに成功した。

タケオが雇っていたのはリヴィア以外にも十人以上いたらしく、店が開くのを待っているとき、タケオはリヴィアたちに温かいお茶と肉まんを振る舞ってくれた。

店の近くの駐車場で待っていたタケオに商品を渡し、報酬《ほうしゅう》の三千円を受け取る。

「お疲れさん、リヴィアちゃん。お客さんも喜ぶと思うよ」

「そうですか。それはよかったです」

リヴィアの顔が自然とほころぶ。

早起きして寒いなか何時間も待つというのは想像していたよりもかなり大変だったが、やはり人のためになることをするのは気分がいい。

「実は明日も並んでほしいところがあるんだけど、どうかな？」

「もちろん引き受けましょう」

タケオの言葉に、リヴィアは迷うことなく頷《うなず》いたのだった。

11月7日　10時12分

「タケオ殿。こちらで間違いないですか？」

というわけで翌日も、リヴィアは明朝からタケオに頼まれた店に並び、依頼された商品を購入した。

今回リヴィアが並んだのはおもちゃ屋で、購入したのはプラモデルである。

種類がたくさんあってリヴィアには区別がつかなかったが、タケオに雇われた他のホームレスから教わってどうにか依頼の商品を買うことができた。

「うん、オッケー」

おもちゃ屋の袋を開けてタケオがプラモを確認する。

「お疲れさん。またなんかいい仕事があったら紹介するよ！」

「はい。お願いします」

タケオから報酬《ほうしゅう》の二千円を受け取って、リヴィアはその場を歩き去る。昨日の仕事より報酬が少ないのは、昨日の商品よりも販売価格が低いためらしい。

とはいえ、二日間で五千円もの収入を得られた。

（今日の食事は少し豪勢にしましょう）

リヴィアが上機嫌で歩いていると、

「リヴィア！」

横を通りかかった車が停止し、その中から不意に名前を呼ばれた。

車を運転していたのは探偵の鏑矢《かぶらや》惣助《そうすけ》。助手席の窓を開けて名前を呼んだのは、リヴィアの主《あるじ》サラであった。

「これは姫様！」

「久しぶりじゃの。元気でやっておったかや？」

リヴィアが探偵事務所をクビになって早一ヶ月が過ぎようとしていた。

「はい。姫様もお変わりありませんか」

「うむ。こっちは楽しく探偵をやっておるぞよ。そなたは相変わらずホームレスをやっておるのかや？」

「は、はい……恥ずかしながら……」

リヴィアが答えると、運転席の惣助が口を開いた。

「最近急に寒くなってきたし、あんまり無理するなよ。夜の間ならうちの事務所のソファ使ってもいいぞ」

惣助の提案に心動かされつつも、

「む、無理などしておりません！　最近は生活も安定していますし、今日も既《すで》に一仕事終えてきたところです！」

「「仕事？」」

惣助《そうすけ》とサラが同時に首を傾《かし》げる。

リヴィアは少し胸を張り、

「早朝から列に並び、ぷらもでるというものを買う仕事です」

「プラモを？」

訝《いぶか》しげに惣助が言って、それから手ぶらのリヴィアに眉をひそめる。

「その買ったプラモはどこにあるんだ？」

「既《すで》に依頼人に引き渡しましたが」

「……リヴィアさんは、その依頼人が受け取ったプラモをどうするのか知ってるのか？」

淡々と惣助に問われ、

「欲しくても買いに行くことができない人に届けると聞きましたが」

「届ける、ねえ……。ちなみに何個買ったんだ？」

「三個です。一種類につき一人一個までとのことだったので三種類」

「……もしかして、リヴィアさん以外にも雇われた人がいたりする？」

「はい。某《それがし》以外にも十人ほどいました」

リヴィアの答えに、サラと惣助が顔を引きつらせ、

「……のう惣助、これは」

「ああ……転売ヤーだ……しかも組織的なやつ」

そんな二人の様子をリヴィアは怪訝《けげん》に思い、

「どうかしましたか？」

「このたわけ者め!!」

「ひ、姫様!?」

いきなりサラに罵《のの》られ、リヴィアは目を白黒させる。

「なんということじゃ……まさか妾《わらわ》の家臣が転売ヤーに加担しておるとは……！」

声に怒りを滲《にじ》ませるサラに、リヴィアは恐る恐る、

「て、転売ヤーとは一体……？」

するど惣助が嘆息し、

「……人気商品を買い集めて、それをオークションサイトとかフリマアプリで定価よりも高値で売って金儲《かねもう》けしてる連中のことだ」

「はあ」

オークションサイトとかフリマアプリというのはよくわからないが、タケオから聞いた話との矛盾はないように思った。だからリヴィアはさらに訊《たず》ねる。

「ええと、欲しい人の代わりに店まで行ったり朝から並んだりするのですから、その分の手間

賃をいただくのは普通なのでは……？」

するとと惣助《そうすけ》はどこかうんざりした顔を浮かべ、

「転売ヤーが買い占めたせいで、欲しい人が普通に店で買えなくなるのが問題なんだ。転売ヤーが狙うのは人気商品ばっかりだから、寄ってたかって買い占められたらすぐに市場から消える」

「そうなったらまた生産すればいいのでは？」

リヴィアの疑問に惣助は顔をしかめ、

「メーカーが増産しようにも、どれだけが転売ヤーに買い占められててどれだけが普通のお客さんの手に渡ってるのか把握できないから、本当の需要が読めなくて思い切った増産ができない。そもそも増産できる量にも限度があるしな。商品が市場に出回らないから、我慢できなくなった人が転売品に手を出してしまう。高くても売れるとなれば、転売品の値段はさらに吊り上がるし、転売ヤーはますます買い占めようと躍起になる」

「な、なるほど……」

惣助の説明に、リヴィアはよくやく転売ヤーとやらの悪質さがわかってきた。

「特に最近は転売ビジネスの市場規模がどんどん膨れ上がってて、転売ヤーの中には人を何人も雇って商品を買い占める連中も大勢いる。さらには転売ヤーに雇われて人を集めて店に並ばせる『並ばせ屋』なんて商売まであるくらいだ」

「……」

タケオはまさにその『並ばせ屋』なのだろう。

「転売ヤー対策をする店も増えちゃいるが、転売ヤー側はあの手この手でそれをくぐり抜けてきて、決定的な有効手段は見つかってないのが現状だ」

そこでサラが勢い込んで続く。

「つまり転売ヤーとは、欲しい人の代わりに商品を買っておるのではなく、積極的に商品を枯渇させることで価格を吊り上げ、不当な利益を得ておるだけなのじゃ！　市場を混乱させ、無辜の民、店舗、メーカー、あらゆる者に迷惑をかける悪逆非道な経済テロリスト！　まさに国家の敵！　それが転売ヤーというわけじゃ！」

「あが……ッ!?」

サラの言葉に、リヴィアは大きなショックを受ける。

「そ、某《それがし》が……国家の敵……？」

サラはゆっくりと頷《うなず》き、

「うむ。その罪、万死に値する。リヴィアよ、潔く腹を切れい」

「はい……。刀を駅のコインロッカーに隠しているので取ってまいります……」

自分の愚かさと罪深さに顔を青ざめさせてとぼとぼと歩き出すリヴィアを、惣助が慌てて呼び止める。

「ちょっ、待った待った！　まさか本気で切腹する気じゃないよな!?」

「無論本気ですが……」

「リヴィアよ、今のは冗談じゃ」

サラが真顔で言って、それからフッと微笑《ほほえ》み、

「まあ知らんかったのなら今回は罪には問うまい」

「そもそもお前に人を裁く権利なんてないけどな」と惣助《そうすけ》がツッコむ。

「ひ、姫様……なんと慈悲深い……」

リヴィアの目に感激の涙が浮かぶ。

「もう二度と転売ヤーなんぞに関わるでないぞ」

「はっ！　肝に銘じます！」

「うむ。では妾《わらわ》たちは大事な用があるゆえ、もう行くぞよ」

サラが自動車の窓を閉め、車が走り出す。二人の乗る車が見えなくなるまで、リヴィアはずっと見送っていた。

……おもちゃ屋に行ったサラと惣助が、目当てのゲームが転売ヤーによって売り切れになったことを知るのは、それから五分後であった。

「おのれぃ！　転売ヤーもそれに加担する輩《やから》もことごとく撫で斬りじゃ！　慈悲はない！」

「奇遇だな……俺も同じ気持ちだよ……」

烈火の如く怒るサラと、静かに拳を握る惣助。

二人に出会ったタイミング次第では本気で命が危なかったことを、リヴィアが知ることはなかった。

宗教家ちゃんと救世主ちゃん

11月8日　14時33分

カルト宗教団体の偽装サークル、『ワールズブランチヒルクラン』のクランマスター、皆神《みなかみ》望愛《のあ》——本名木下《きのした》望愛、二十二歳。

岐阜では数少ない高層マンションの一室が、彼女の住居である。

警備員が常駐し、エレベーターは住民専用のカードキーが必要で居住階にしか行けないなど、セキュリティもプライバシー対策も万全。

望愛はクランの集会があるとき以外、ほとんどマンションの外に出ることなく過ごしている。食事も基本的に宅配サービスだ。

クランメンバーの前に出るときはローブにサークレットというまるでファンタジーのキャラクターのような扮装をする望愛だが、自宅にいるときの彼女の格好は、腰ほどまである髪を後ろで適当に束ね、服はゆったりしたTシャツ、下は下着のみというズボラにも程があるもので、信者が見たら卒倒するかもしれない。

部屋の間取りは2LDKで、二つの部屋は寝室と作業部屋に分けられており、現在望愛がいるのは作業部屋のほうだ。

大きな机にミドルタワー型のデスクトップパソコンが置かれ、モニターはトリプルディスプレイ、メモリもグラフィックボードも最高クラス、マウスはプロゲーマーが使うようなハイエンドの多機能マウス。

また別の机には、映像機器、音響機器、３Ｄプリンターなどいずれもプロ仕様の機材が並び、床には人間をスキャンできるような大型の３Ｄスキャナーまで置かれている。

クランでマインドコントロールのために使っている映像や音楽は、これらを使ってほとんどすべて望愛一人で制作したものだ。カルト宗教界の新海誠《しんかいまこと》、それが皆神望愛である。

デスノートのＬのように高級オフィスチェアの座面に両足を乗せて座り、身を乗り出すようにモニターを凝視《ぎょうし》しながらマウスを操作する望愛。

モニターに表示されているのは、人間の３Ｄモデルだ。

ジャージ姿の銀髪の女で、髪の質感までかなり精巧に作られており、大作ゲームのＣＧと比べても見劣りはしない。実際、たまに暇潰《ひまつぶ》しでＰＣゲームのＭＯＤを作ったりもしているのだが、ユーザーからの評価は高い。

しかし今、モニターを見つめる望愛の表情は険しかった。

「全然ダメです……！　これではあのお方の美しさをまるで表現できていません……！」

望愛が制作しているのは、実在する人物の３Ｄモデルである。

二週間ほど前、クランの集会に現れた絶世の美女。

正真正銘の奇跡の力で、ナイフによる深い傷をあっという間に治してしまった。

あのお方こそ、この悲しみに満ちあふれた世界を救う救世主に違いないと望愛《のあ》は確信している。あのお方に仕え、支えるのが望愛に与えられた使命なのだ。

救世主リヴィア。

いかなる深遠な理由があってか、彼女は現在ホームレス生活を送っているらしいのだが、あの日以来、クランが行っている炊き出しの場に現れたことはない。

街で空き缶や粗大ゴミを集めている姿を目撃したという証言はいくつかあるのだが、徒歩なのに人並み外れたスピードで移動するため、後を追おうとしてもすぐに見失ってしまうという。たしかに望愛が集会の場で見たリヴィアの身体能力は、明らかに常人の域を超えていた。さすが救世主。

望愛は現在、救世主リヴィアが現世に降り立ったことを広く世に知らしめるため、3Dプリンターを使ってリヴィアの像を作ろうとしている。

しかし、彼女と体格の似ている女性の3Dモデルをベースに、望愛の記憶にある姿や、施設のカメラに残されていた映像を参考にして調整を行っているのだが、どうしても納得のいくものができない。

（恐れ多いことですが、やはり本物のリヴィア様のお身体を3Dスキャンさせていただくしかありませんね……）

　そのためには急ぎ彼女の居所を突き止める必要がある。

　クランのメンバーを総動員するのが手っ取り早いが、後ろ暗い組織のためあまり目立つことはしたくない。

　ここはやはり、人捜しのプロに頼むとしよう。

　そうと決めた望愛はさっそくパソコンで近隣の探偵事務所の評判を調べ、どうやら草薙《くさなぎ》探偵事務所というのが岐阜で最大手らしいことを知る。

　それからクランの幹部の一人に連絡し、草薙探偵事務所にリヴィアの捜索依頼をするよう指示を出す。

「リヴィア様の動画はスマホに送っておきます。お金はいくらかかってもかまいません」

　それから小一時間ほどして、幹部から草薙探偵事務所が依頼を引き受けたとの連絡が来た。

（もうすぐお会いできますね、リヴィア様……）

　うっとりした表情を浮かべる望愛。

　彼女自身は気づいていなかったが、その顔はまるで恋する乙女のようだった。

１１月９日　１５時４１分

草薙《くさなぎ》探偵事務所。

大通りに面した立派なビルに居を構える、岐阜県で一番の探偵事務所である。

つい先ほど訪ねてきた依頼人が去ったあと、所長・草薙勲《いさお》はすぐにリヴィアという名の女性外国人ホームレス捜索のための人員を十名手配した。中には現在ほかの仕事に当たっている者もいたのだが、こちらを優先するよう命じる。

「本当にいいんですか？　引き受けてしまって」

事務所に所属する探偵の一人、閨春花《ねやはるか》が草薙に声を掛ける。

「ワールズブランチヒルクラン……たしか『金華の枝』の下部組織で思いっきりカルトですよ。霊感商法もやってますし」

大学生を中心としたボランティア団体を装っているが、この街の裏事情に詳しい閨はクランの正体も知っていた。もちろんそれは所長の草薙も同じだ。

「通常の三倍の金額を吹っ掛けてもあっさり呑んでくれたぞ。金払いのいいクライアントが増えるのは歓迎すべきだろう」

淡々と答える草薙に、閨は少し呆《あき》れ顔を浮かべつつ、

「犯罪絡みとかじゃないといいんですけどねー。変な儀式の生け贄にされちゃうとか」

「ふっ、さすがにそこまでヤバい組織ではないだろう」

草薙はそう言って小さく笑い、プリントアウトされた捜索対象の写真に目をやる。

彼女と草薙は実は面識があった。

草薙が仕事のために通っていた違法セクキャバで、お気に入りのプリケツちゃんと一緒に席に来たのが彼女だった。

とんでもない新人キャバ嬢が現れたと思ったものだが、草薙が入店してすぐ警察のガサ入れがあり、そのまま店も潰《つぶ》れてしまったため、彼女のおっぱいを揉《も》み損ねたのが心残りだ。

「しかし、まさかホームレスになっていたとは……。また機会があれば今度こそおっぱいを揉みたいものだな……」

渋い声でゲスいことを呟《つぶや》いた草薙に、闇は冷ややかな視線を向けるのだった。

１１月９日　２０時１４分

望愛《のあ》のもとに、リヴィアが住んでいる場所がわかったという連絡があったのは、草薙事務所に依頼をして数時間後のことだった。

（さすがプロの探偵……素晴らしいです）

予想を上回る迅速な仕事ぶりに驚きつつ、望愛は顔に喜びの色を浮かべる。

報告によれば、彼女が寝泊まりしているのは長良川《ながらがわ》に架かる橋の下で、朝は複数の炊き出し会場をハシゴして朝食をとり、日中は街中を歩き回って空き缶集め。夜になると橋の下に帰ってくるという。

この時間ならば、リヴィアがそこにいる可能性は高い。

はやる気持ちを抑えつつ、望愛《のあ》はまずはシャワーを浴びて身を清め、ローブとサークレットを身につける。

部下に車を手配するように指示を出し、マンションの地下駐車場で迎えに来たクラウンに乗り込み目的の場所へと向かう。

十分とかからず、車はリヴィアが暮らしているという橋の近くへと到着した。

望愛はひとまず車の中から橋の下の様子をうかがう。

報告のとおり、たしかに橋の下に段ボールや木材で作られた粗末な小屋がある。

そのすぐ近くで火を焚き、鍋で何かを煮ているのはまさしく、救世主リヴィアその人であった。

（リヴィア様……！）

望愛は運転手にここで待つように指示し、一人で車を出て堤防を下りていく。

望愛が三十メートルほどの距離まで近づくと、リヴィアがこちらに視線を向け、一瞬大きく目を見開いた。しかしリヴィアがその場から動く様子はなく、胡乱《うろん》な眼差《まなざ》しを向けながらも望愛が近づいてくるのを待っている。

駆け寄りたい気持ちを抑えながらも、望愛はゆっくりと歩いて行く。

「ようやくお会いできましたね、救世主リヴィア様」

努めて穏やかな口ぶりで望愛が言うと、

「たしか、皆神《みなかみ》望愛殿でしたか」

（リヴィア様がわたくしの名前を覚えていてくださりました!!　リヴィア様がわたくしの名前を呼んでくださりました!!　ああ〜！　なんという僥倖《ぎょうこう》!!　なんという栄誉!!）

「はい」

興奮を表に出さず、短く言って頷《うなず》くのみにとどめる。

リヴィアは小さく嘆息し、

「前にも言いましたが、某《それがし》は救世主などではありません」

「なぜ否定なさるのですか？　リヴィア様はあのとき、奇跡の力で迷える同志の命を救ってくださったではありませんか」

望愛の言葉にリヴィアは少し気まずそうな表情を浮かべ、

「あれはその……ちゅ、中国拳法です」

「……？」

意味がわからず望愛が首を傾《かし》げると、リヴィアは少し赤面し、

「そ、そういえばあのときの彼はどうなったのですか？」

「内山《うちやま》さんでしたら、あのあとわたくしと話をして、ともにリヴィア様のもとで働くことを約束してくださいました」

「え」

内山というのは望愛《のあ》のペテンを暴くため、クランに潜入していた青年だ。皆の前で望愛に褒賞されたときに自らの腹をナイフで深々と刺し、望愛に奇跡の力などないことを証明しようとした。

「道を踏み外しかけていた彼も、リヴィア様の本物の奇跡によって救われたことで改心し、以前にも増して熱心に活動をしてくださっています。すべてはリヴィア様のおかげです」

「そ、そうですか。それはよかっ——よくない！　クッ、某《それがし》のせいで逆に道を踏み外してしまっているではありませんか！」

リヴィアは頭を抱え、それから望愛を凛々《りり》しい眼差《まなざ》しでキッと見据え、

「とにかく、某は救世主などではありませんし、あなたがたを導く気もありません！　もしも某に従うと言うのであれば、人を騙《だま》すような真似《まね》はやめて真面目に働きなさい！」

リヴィア＠ホームレスの言葉を受けた望愛は、

「リヴィア様がそう仰《おつしや》るのでしたら、これからは健全な活動に努めます」

「……本当ですか？」

疑わしげな目をするリヴィアに望愛は頷《うなず》き、

「はい。実は今、そのために新しい商品を開発中なのです。つきましてはリヴィア様にご協力をお願いしたいのですが」

「お断りします。某はもうあなたがたと関わるつもりは――」

と、そこで。

ぎゅるる――と、リヴィアのお腹が大きな音で鳴った。

リヴィアが恥ずかしそうに頬を赤らめる。

（わたくしとしたことが、救世主様に恥をかかせてしまうなんて万死に値します……！　でも恥じらっておられるリヴィア様も麗《うるわ》し可愛《かわい》い……）

「お食事の邪魔《じゃま》をして申し訳ございません。お話はまたお食事のあとにでも」

火にかけられた鍋を見ながら望愛が言うと、

「……では遠慮なく。麺がのびてしまいますので」

そう言ってリヴィアは、鍋で煮込まれていたラーメンを、鍋からそのまま箸《はし》で口に運ぶ。

望愛が鍋の中に目をやると、入っているのは麺だけで他の具は一切ない。

リヴィアはあっという間に麺をすべて平らげ、鍋のスープも飲み干してしまった。

「ふう……」

どこか物足りない顔でリヴィアが息を吐く。

「あの、失礼ですが、今夜のお食事はそれだけですか？」

「……そうですが」

「よろしければクランにリヴィア様の食事のお世話をさせていただけませんか？　毎日ご希望のものをお届けに上がります」

「え……」

リヴィアは一瞬心が揺れたような素振りを見せたあと、

「け、結構です！　人を騙《だま》して得たお金で施《ほどこ》しを受けるほど落ちぶれてはいません」

「なんと気高い……！　では新商品の開発に協力していただき、そのお礼をするということではどうでしょう？」

「……その商品というのはなんなのですか？　協力しろと言われても、某《それがし》は商売のことなど何もわからないのですが」

「リヴィア様の像です」

望愛《のあ》の答えに、リヴィアは「は？」と眉をひそめた。

「リヴィア様の像を制作し、それを人々に買っていただくのです」

「わけのわからないことを……。某の像など売れるわけがないでしょう」

「そんなことはありませんッ!!」

「ええ？」

全力で否定した望愛に、リヴィアが少し怯《ひる》む。

望愛は熱に浮かされたような顔で、

「リヴィア様の神々《こうごう》しさは、きっと多くの人々を魅了することでしょう……。一家に一つ……いえ、一人に一つリヴィア様の像を持ち、毎日祈りを捧げれば、地上から争いはなくなり世界は一つになるのです」

「正気ですか？」

「もちろんです！　そしてそのために、リヴィア様にはモデルになっていただきたいのです！謝礼はいくらでもお支払いしますし、完成後は商品の売り上げの半分をリヴィア様に永久的にお支払いします！」

「商売になるわけがないと思うのですが……まあ、怪しい商品を作るわけではなさそうですし、今後人々から不当に搾取《さくしゅ》するのをやめるのであれば、少しは協力しましょう」

望愛の熱意ある説得に、リヴィアはついに頷《うなず》いてくれた。

「ほ、本当ですか!?」

「とはいえ、あまり時間は取れませんよ。某にもやることがありますので」

「大丈夫です！　すぐに終わりますから！」

「いや、そんなすぐに像など作れるわけが……」

「ではさっそくわたくしの家にいらしてください！」

「え、あなたが自分で像を作るのですか？」

「はい！　このように神聖な役目、他の人に任せるわけにはいきませんから」

「は、はあ」

釈然としない顔をしながらも、リヴィアは望愛《のあ》と共に歩き出したのだった。

11月9日　22時9分

望愛と一緒に車に乗り、リヴィアは彼女の住む高級マンションに到着した。

毎日街中を歩き回っているのでこのマンションの前も通ったことがあり、一体どんな人々が住んでいるのだろうと思ったものだが……。

「クランの施設ではなく、こんな立派なところに住んでいるのですね。人々から騙《だま》し取ったお金で……」

「クランの皆さんには大変感謝しております」

リヴィアの皮肉は軽く受け流された。

「こちらです、リヴィア様」

エレベーターを上がって望愛の部屋に入り、通されたのは至る所に謎の機械が置かれた異様な部屋だった。像を作るというので工房のような場所を想像していたのだが、全然違う。

「ここは一体……」

「手狭で申し訳ありません」

戸惑っているリヴィアに望愛が言った。

「ではさっそく、スキャナーの真ん中に立っていただけますか？」

望愛が指したのは、部屋の中でも一際存在感を放つ、高さ二メートルほどの板が円筒状に並べられたような機械だった。

「な、なんですかこれは？」

「これは3Dスキャナーといって、中にある物を全方向からスキャンして3Dデータを作成する機械です」

「……」

説明を聞いても何一つ理解できず、リヴィアは首をひねる。そんなリヴィアに望愛は笑い、

「実際にやってみればわかります。さあ、どうぞ」

「き、危険はないのですね……？」

「スキャナーのレーザーはクラス1ですから人体に影響はありません」

またしても何を言っているのかさっぱりわからないが、とりあえず危険はないらしい。

それでも不安を覚えながら、リヴィアは恐る恐る機械の真ん中に立つ。

「……これからどうすればいいのですか？」

「手と足を多少開いていただけますか？」

「こうですか」

首を傾《かし》げながらもリヴィアは望愛《のあ》の言うとおりにする。

「はい。あとはそのまま立っているだけで大丈夫です。スキャンは十分ほどで終わります」

「はあ」

望愛がパソコンの前に移動し椅子に座り、パソコンの操作を始めた。ローブ姿の彼女がそうしている姿は、異世界人のリヴィアの目からも奇妙に映る。

「ではスキャンを開始します。動かないでくださいね」

「は、はい」

指示に従い、リヴィアは完璧に身体の動きを止める。瞬きと呼吸すら最小限にとどめ、視線も動かさず、僅《わず》かな震えすら起こさない。

スキャナーの動作音と、望愛がマウスやキーボードを操作する音だけが部屋に響くなか、直立すること約十分。

「終わりました。お疲れ様でした、リヴィア様」

望愛がリヴィアに告げた。

「はあ。もう出てもいいのですか？」

「はい」

望愛が頷《うなず》き、リヴィアは機械の中から出る。

「本当にただ立っていただけですが……結局、某《それがし》は一体なにをされていたのですか？」

リヴィアが訊《たず》ねると、望愛は「こちらをご覧ください」とモニターを指した。

「うん……？」

近づいて画面を見ると、そこに映っていたのはリヴィアの姿だった。

「まだ調整前なので粗いですが、こちらがたったいま作られたリヴィア様の３Ｄモデルです」

そう言いながら、望愛はマウスで画面の中のリヴィアを回転させたり、様々な方向から拡大して見せたり、腕や足を動かしたりして見せた。

顔、髪、体格、着ている服。

拡大すると少しギザギザしているが、靴の裏以外はほぼ完璧に今のリヴィアの姿が再現されている。

「こ、これはすごいですね……！」

思わず前のめりになってモニターに顔を近づけるリヴィアに、「り、リヴィア様、近いです……！」と望愛が顔を赤らめて小さく声を上げた。

「このすりーでぃーもでる？　というのをこれからどうするのですか？」

「え、ええと、このデータに調整を加えて、３Ｄプリンターで出力します」

またしても意味がわからず、リヴィアは眉をひそめる。

「つ、つまり！」

望愛《のあ》が椅子から立ち上がり、部屋の棚に置かれた一体の人形を手に取りリヴィアに見せる。

高さ二十センチほどの、制服姿の少女が象《かたど》られた人形だ。

「３Ｄモデルがあれば、３Ｄプリンターでこのようなものが作れるというわけです」

「な、なるほど……？」

像というから等身大の彫像のようなものを想像していたが、どうやら望愛が作ろうとしている商品はこういう人形らしい。

「たしかにこの大きさの人形であれば、女の子が欲しがるかもしれませんね」

主《あるじ》のサラも、服を着せ替えることができる人形をいくつか持っていた。

「いえ、メインターゲットはどちらかというと成人男性……ではなく、全人類ですね」

なにやら小声で望愛が言った。

「服を着せ替えることはできないのですか？」

「一応、このフィギュアだとスカートをキャストオフすることは可能ですが」

望愛が人形のスカートを取り外し、下着姿にしてみせる。

「いえ、こういうのではなく、色んな服に着替えられると楽しいのではと思うのですが」

サラが自分の人形で遊ぶ姿を思い浮かべ、笑みを漏《も》らすリヴィア。

先日転売の件でサラを怒らせてしまったこともあり、これ以上サラの心が自分から離れてしまわないよう、自分の着せ替え人形を贈るのはいい考えだと思う。

「うーん……着せ替え可能となると手足を動かせるようにしなくてはいけませんし、わたくし服飾についてはよく知らなくて……」

「無理ですか」

「い、いえ！　リヴィア様がお望みでしたら、必ずやドールタイプのリヴィア様像も作り上げてみせます！」

熱のこもった声で言う望愛。

「期待しています」

「は、はい！　ですがリヴィア様、着せ替え可能にするとなるとその……別の３Ｄモデルが必要になるのですが」

「別の？」

「は、裸のデータです」

「なるほど。それはそうですね」

服を着せ替えるのだから、人形本体は服を着ていないのが当たり前だ。

「では裸のデータも作ってください。先ほどと同じ方法でできるのですよね？」

「それはもちろん！　で、ですがよろしいのですか!?　リヴィア様の神聖な肌をわたくしなどに晒してしまっても……」

「必要であればいくらでも見ていただいてかまいません」

畏まる望愛《のあ》にリヴィアは即答し、３Ｄスキャナーのほうへ移動し、躊躇《ためら》いなく着ていたジャージを脱ぎ、

「下着も脱いだほうがいいですか？」

「ド、ドールの下着部分を布で作るのであれば、はい」

現在のリヴィアの下着はボランティアでもらったもので、デザインは素っ気なくサイズも合っていない。

「では脱ぎます」

そう言って下着も脱ぎ捨て一糸まとわぬ姿となり、スキャナーの中に入る。

「リ、リヴィア様が、救世主様、いえ、神が……わたくしの前で、は、裸になってくださっておられる……！　なんて尊い……ありがたや……ありがたや……どうかお金を……お金をはらわぜでぐだざい……ッ!!」

荒い息を吐きながら目に涙を浮かべて合掌する望愛を、少し気持ち悪く思うリヴィア。

「あの、はやく始めていただきたいのですが」

「は、はいっ！」

望愛がパソコンに向かい、リヴィアは先ほどと同じように腕と足を少し開いて立ち、身体を

静止させる。

「ハァ、ハァ、ハァ……」

スキャナーの起動音とパソコンの操作音、そして望愛《のあ》の興奮した息づかいを聞きながらじっと待つこと十分。

「お、終わり、ました……」

「では確認させてください」

恍惚《こうこつ》の表情で望愛が告げると、リヴィアはスキャナーから出て裸のまま望愛に近づく。

「こ、こちらがリヴィア様の神聖なる全裸モデルとなります……」

顔を真っ赤にしながら望愛がリヴィアの全裸３Ｄモデルを回転させてみせる。

「おおー、やはりすごいですね。某《それがし》の尻はこんなふうになっていたのですか」

後ろから自分の姿を見ることはないので興味深く自分のモデルを凝視《ぎょうし》するリヴィア。

「リ、リヴィア様、とりあえず服を着てください……！　これ以上のサービスは過剰供給で死んでしまいます……！」

懇願《こんがん》する望愛に、「ああ、これは失礼」とリヴィアは服を着た。

１１月９日　２２時４９分

「ご協力ありがとうございましたリヴィア様。これで御神体を完成させることができます」

作業部屋を出てリビングに行き、望愛は深々とお辞儀した。

「いえ、某も商品を見るのが楽しみになってきました」

「か、必ずやご期待に添えるものを作ってみせます！」

リヴィアの言葉に、望愛は力強く言った。

「リヴィア様、つきましては今回の謝礼なのですが、とりあえず二百万ほどでいかがでしょう？」

「にひゃ……!?」

リヴィアが目を丸くして絶句する。

「本当はもっとお支払いしたいのですが、あいにく手元に現金がなく、今日のところはＡＴＭで引き出せる限度額でご容赦《ようしゃ》いただきたいのです。もちろん後日、望まれる額をお支払いいたします」

「け、結構ですそんな大金！　ただ立っていただけですし！」

「そうは参りません！　救世主様にご協力いただいたばかりか、は、裸まで見せていただいて……！　どうかわたくしに、お金を払わせてください！　お布施《ふせ》をさせてください！」

限界オタクのように懇願する望愛。

リヴィアの裸体は望愛《のあ》の脳裏に鮮明に焼き付いており、今も下腹部が疼きっぱなしである。

「そんなことを言われても、あまりに多すぎて不相応です！　今の某《それがし》の二十分間の収入と考えると………おそらく百円でも多いくらい、です……」

少し沈んだ調子でリヴィアは言い、

「と、とにかく謝礼など、完成した商品を一ついただければそれで十分です。では某はこれにて」

帰ろうとするリヴィアを望愛は慌てて引き留めようとする。

「お待ちください！　では商品開発のアドバイザーに就任していただくというのはどうでしょうか！」

「あどばいざー、ですか？」

リヴィアが首を傾《かし》げる。

「はい。像の商品化にはまだまだ調整が必要です。リヴィア様には商品が十分なクオリティになるまで監修をしていただきたいのです！」

「そう言われても、某には何の知識もありませんし……。望愛殿にすべてお任せします」

「像のモデルはリヴィア様なのです！　それを丸投げというのは無責任ではないでしょうか!?」

「う……で、ですが……」

強い口調で言う望愛に、リヴィアが少し怯《ひる》む。望愛はさらにたたみかける。

「専門的な意見など必要ありません。ときおりサンプルを見て率直な感想を言っていただくだけで構いません！」

「ま、まあ、それくらいでしたら……」

「引き受けていただけるのですね！」

「……像が完成するまでですよ？」

「もちろんです！　ではリヴィア様は今から、ワールズブランチヒルクランの商品開発アドバイザーです！　意見をうかがうために何度もこちらに来ていただくのは非効率的ですから、今日からこの部屋で寝泊まりしてください」

「ええ!?」

寝耳に水の言葉に目を丸くするリヴィア。

「食事その他生活に必要なものはすべてこちらで用意しますし、顧問料も支払わせていただきます！」

「ちょ、ちょっと待ってください！　そこまでお世話になるわけには！」

「リヴィア様、これはれっきとした仕事なのですよ」

望愛は真面目な声音で説く。

「し、仕事……？」

「はい。きっちり報酬《ほうしゅう》を受け取るからこそ、仕事には責任が発生するのです。報酬を拒否するというのは、その責任を放棄するのと同じことです」

「な、なるほど……たしかに仕事として関わる以上、報酬を受け取らないのは逆に無責任かもしれませんね……」

『そのとおりです」

「わかりました……。あどばいざーの仕事、責任を持って取り組ませていただきます」

頷《うなず》くリヴィアに、望愛《のあ》は頭が沸騰しそうな恍惚《こうこつ》感を覚えながらそれを表に出さず、「よろしくお願いします」と微笑《ほほえ》む。

かくして望愛は、宗教指導者に相応《ふさわ》しいその弁舌でもって、救世主リヴィアを組織に迎え入れることに成功したのだった。

CHARACTERS

SALAD BOWL
OF
ECCENTRICS

のあ NAME

ジョブ:宗教家、マルチクリエイター、限界オタク

アライメント:中立/混沌

STATUS

体力:	37
筋力:	21
知力:	83
精神力:	41
魔力:	0
敏捷性:	19
器用さ:	100
魅力:	90
運:	67
コミュ力:	71

CHARACTERS

SALAD BOWL
OF
ECCENTRICS

リヴィア NAME

ジョブ:カルト宗教団体の商品開発アドバイザー NEW

アライメント:善/秩序

STATUS

体力:	100
筋力:	100
知力:	31 NEW
精神力:	95 NEW
魔力:	19
敏捷性:	100
器用さ:	74
魅力:	94
運:	18 NEW
コミュ力:	41 NEW

姫と炬燵

11月9日　17時31分

十一月に入って気温がめっきり下がり、特に日没後は急に冷え込むようになってきた。

鏑矢《かぶらや》探偵事務所の建物は古く、最近の物件のように気密性が高くないため、室内でもかなり寒い。

「そろそろあのお方の出番かな……」

「あのお方？」

不意に寒気を覚えた惣助《そうすけ》がキーボードを打つ手を止めて呟《つぶや》くと、ソファに寝転んで漫画を読んでいたサラが聞き返してきた。

「炬燵《こたつ》様だ」

「炬燵様!?　うちにも炬燵様があるのかや!?」

惣助の言葉に、サラが目を輝かせる。

「ああ。お前、炬燵知ってるのか？」

「当たり前じゃ。あっちの世界にもおこたはあった」

「そうなのか」

異世界に炬燵《こたつ》があると聞くと変な感じがするが、サラのいた国は平行世界の日本なので、炬燵があっても不思議はない。

ふとブラウザを立ち上げて炬燵の歴史を調べてみる惣助《そうすけ》。

「……へー、炬燵って室町時代からあったのか」

囲炉裏《いろり》の上に櫓《やぐら》を組んで布団をかけたものが起源で、熱源は時代によって変化していったものの、基本的な形状は昔からほとんど変わっていないらしい。

「こりゃ惣助！　そんなことよりおこたはよ！」

立ち上がって急かすサラに苦笑し、惣助は寝室へと向かう。サラもトテトテと小躍りするように惣助のあとをついてくる。

寝室の押し入れからカーペットと炬燵用の布団、炬燵のケーブルを取り出し、リビングの生活スペースに運ぶ。

リビングは棚によって事務所スペースと生活スペースに分けられており、生活スペースにはテレビや座卓などが置かれている。

普段食事のときなどに使っている座卓の内側には、実はヒーターがついている。

まずは座卓と座布団をどけてカーペットを敷き、座卓をカーペットの上に置いたあと電源ケーブルを繋《つな》いで天板の下に布団をセット。

電源をコンセントに差し込み、ヒーターのスイッチを入れて温度設定を「中」にする。

「ほらよ。炬燵様の完成だ」

「おお……このような秘密が隠されておったとは……！」

座卓が炬燵テーブルだということを知らなかったサラが、感動に打ち震える。

「じゃ、さっそく入るか」

惣助が座布団を敷いて炬燵に足を入れる。

「妾《わらわ》も妾も！」

声を弾ませてサラもいそいそと炬燵に入った。

足を入れた直後はまだ全然暖かくなかったのだが、炬燵の中の温度はどんどん上がっていき、足先から冷えた身体が温まっていく。

「は～～～」

「あ～～～」

惣助とサラは二人して気の抜けた声を漏《も》らした。

室町時代からあったとなると、日本人のＤＮＡには炬燵に入ると問答無用で安らぎを感じる性質が刻まれているのかもしれない。

「やっぱり炬燵はいいな……」

しみじみと言う惣助にサラは頷《うなず》き、

「うむ……。妾《わらわ》はおこたを発明した者にノーブル妾賞を与えたい」

「ノーベル平和賞みたいに言うな。しかも妙に語呂がいいし……」

苦笑しつつ惣助《そうすけ》はいったん立ち上がり、キッチンに行って夕飯の準備にかかる。

「今日の夕飯はなんじゃ？」

「鍋」

「おこたで鍋！　そんなん最強じゃろが！」

「そうだろ」

歓喜の声を上げるサラに、笑みを浮かべる惣助。

カセットコンロの上に水の入った鍋を置き、火を点《つ》けて鍋用キューブを入れる。

沸騰したら鍋用野菜セットと鶏団子《とりだんご》と豆腐をまとめて投入。

匂いとビジュアルに食欲を刺激されながらしばらく待ち、火が通った具材を自分とサラの取り皿に分ける。

「「いただきます」」

二人同時に言って、惣助は白菜を、サラは鶏団子を、息を吹いて冷ましつつ口に運ぶ。スープの味の染みた白菜が、身体を芯から温めてくれるようだ。

「はふっはふっ」

鶏団子が熱かったらしく、サラが口をぱくぱくさせる。

「落ち着いて食え」

惣助《そうすけ》は苦笑し、自分も鶏団子《とりだんご》を食べる。

鍋の具材をほとんど食べきったところで、ご飯を投入して〆に雑炊を作り、それもすべて平らげると、二人の腹は完全に満たされた。

「は～、炬燵《こたつ》で温かい料理をお腹いっぱい食べる……妾《わらわ》の人生、今が一番幸せかもしれん……」

サラがしみじみと言う。

皇女のくせに幸せの基準が庶民的すぎると思ったが、元の世界ではかなりハードな人生を送ってきたらしいので無理もないのかもしれない。

「……この先、もっと幸せなこともあるだろ」

「たとえば？」

「え」

具体的に訊《き》かれるとすぐには思い浮かばず、

「ええと、たとえば…………炬燵でアイスを食べる、とか？」

「な……!?　冬に、あえて冷たいものを炬燵で……じゃと？　まさに悪魔的発想……惣助そなた天才か？」

「……日本人なら割とみんなやったことあると思うぞ」

「なんと……日本人の欲望は底なしじゃな……！」

愕然《がくぜん》としているサラに、惣助は苦笑を浮かべ、

「じゃあさっそくやってみるか。たしかスーパーカップがあっただろ」

「はやくも!?　よいのか!?」

「ああ。俺もアイス食いたくなってきたし」

そう言って冷蔵庫にアイスを取りに行くのだった。

宗教家ちゃん、バッタを食べる

11月11日　12時7分

リヴィアがワールズブランチヒルクランの商品開発アドバイザーに就任し、皆神望愛《みなかみのあ》の家に滞在することになって三日目の昼。

いつものように、望愛の部屋に出前で昼食が届けられた。

普段は健康のことを考えてヘルシー志向の弁当を頼んでいるのだが、昨日からはとにかくリヴィアに喜んでもらえそうなものを選んでいる。

昨日はハンバーガーとサンドイッチ、カツ丼、寿司。

今朝はホットドッグとフレンチトースト。

リヴィアから「こちらの料理をよく知らないので望愛殿にお任せします」と言われたので、ひとまずは無難に人気のあるものを選んだのだが、どれも美味《おい》しそうに食べていただけた。

「リヴィア様、昼食が届きました」

食卓で待っていたリヴィアの前に食事を置き、望愛は自分もリヴィアの対面に座る。

今日の昼食は天丼だ。

海老《えび》の天ぷらが三本と、穴子《あなご》、イカ、ナス、れんこん、大葉、ししとうの天ぷらが器狭しと盛られている。

「ありがとうございます。いただきます」

リヴィアが箸《はし》を取り、そのままぴたりと動きを止め、じっと天井を見つめる。

「どうかなさいましたか？　リヴィア様」

「いえ……」

訝《いぶか》る望愛に、リヴィアは少し躊躇《ためら》いがちに、

「もしかしてこれは……海老の天ぷらですか？」

「はい、そうです」

「そうですか……」

リヴィアの表情は少し硬い。望愛はハッとなり、

「もしかして海老アレルギーでしたか!?　確認を怠《おこた》り申し訳ありません……！」

今にも土下座《どげざ》しそうな勢いで謝罪する望愛に、リヴィアは慌てて、

「い、いえ、違います！　ただの食わず嫌いです」

「え？」

リヴィアは少し恥ずかしそうに、

「某《それがし》の国でも海老は食べられていたのですが、某はどうしてもその、海老の見た目が苦手で

食べられなかったのです」

「なるほど、そういうかたもおられますね。たしかに見た目は虫のようですし……」

「そうなのです。足がいっぱいで殻に覆われていて……。殻を剝《む》いたら剝いたで幼虫みたいですし……」

「わかりました。では別の料理を届けさせましょう」

望愛《のあ》が言うと、リヴィアは首を振り、

「いえ、大丈夫です。食べます」

「ですが苦手なのでは？」

「それは以前までの話です。今の某《それがし》はバッタさえ食べられるのですから……！」

リヴィアが初めてバッタを食べたのは、この世界に転移してからのことだった。サラと共に帝都を脱出し逃亡生活を送っている間ですら、食事に困ったことはなかった。道中には鳥や動物がたくさんいたし、サラの魔術のおかげで食料の調理も保存も簡単にできたので、あえて虫にまで手を出す必要はなかったのだ。

ホームレス生活中、空腹に耐えかねて初めてバッタを捕獲して素揚げにして食べたのだが、あのときの抵抗感と比べれば、あっちの世界でも一般的に食料として扱われていた海老《えび》を食べるくらいどうということもない。

「それでは、いただきます」

リヴィアは海老の天ぷらを箸《はし》で取り、一瞬だけ躊躇《ちゅうちょ》したのち、歯を立てる。

サクッとした衣の感触ののち、ぷちっと海老の身が裂かれ、その味が舌に広がる。

何度もよく嚙《か》みながら味わい、飲み込む。

「ふむ……これは……」

「これは……？」

リヴィアの言葉を、望愛は固唾《かたず》を呑んで待つ。

「バッタみたいで美味《おい》しいですね！」

笑顔で言ったリヴィアに、望愛はホッとしつつ、

「バッタを海老みたいな味という人はいるようですが、海老をバッタみたいな味と言った人はリヴィア様が史上初ではないでしょうか。さすが救世主様……。バッタはそんなに美味しいのですか？」

「はい。食感は海老と全然違いますが、味は似ています。内臓を取り除かないと少し苦いですが、それはそれで美味しいです」

「そうなのですね。興味深いです」

この何気ない一言を、望愛はすぐに後悔することになる。

「では宜《よろ》しければ望愛殿もバッタを食べませんか？」

「え？」

「お世話になっているお礼に、某《それがし》がごちそうしましょう」

「い、いえ、そんなお気遣いなく……」

「遠慮なさらず。冬に備えて某の家にバッタを大量に保存してあるのですが、しばらくここに住まわせていただくことになったので、どうしたものかと思っていたのです。ですので消費するのに協力していただけると助かります」

「うっ……」

リヴィアに柔らかな笑みを向けられ、望愛《のあ》は心臓を撃ち抜かれる。

「わ、わかりました。ごちそうになります……」

「はい！　では今夜の夕食は某にお任せください！」

張り切るリヴィアに、望愛は頬を引きつらせるのだった。

１１月１１日　１７時２３分

「ただいま帰りました」

橋の下の段ボールハウスにバッタを取りに行ったリヴィアが、望愛の家に帰ってきた。

「お帰りなさいま――ひッ……!?」

リヴィアの持っている物を見て、望愛は小さく悲鳴を上げる。

三十リットルサイズのポリ袋いっぱいに詰め込まれた、乾燥したバッタの死体。

たくさんあるとは聞いていたが、想像をはるかに上回る量である。

「こん、なに……？」

「今から料理しますので、もう少し待っていてください」

「は、はひ……」

（……え、これ、今からわたくし、これを食べさせられるんですか？）

望愛の額に冷や汗が浮かぶ。

「望愛殿、天ぷら用の鍋はありますか？」

「あっ、申し訳ありません！　わたくし普段料理をしないもので、調理器具も調味料も最低限のものしかないのです。ですので今日のところはデリバリーで、バッタはまた後日……」

どうにか先延ばしにできそうだとホッとする望愛だったが、

「いえ、なければフライパンで大丈夫です。油なども家から持って来ました」

背負っていたボロいリュックサックから油や天ぷら粉を取り出すリヴィアを見て、望愛は絶望的な気持ちになる。

「では台所をお借りしますね」

いそいそとキッチンに向かい、ボウルとフライパンを取り出すリヴィア。

フライパンに油を入れ加熱している間に、手慣れた様子でボウルに天ぷら粉と水を入れて混ぜて衣を作り、袋に入っていたバッタの死体を鷲摑《づか》みにしてボウルに放り込む。

衣のついたバッタをフライパンで揚げ焼きにして、中まで十分に火が通ったら皿の上に乗せる。

（ああ……リヴィア様がわたくしのために手料理を作ってくださっている……！　なんという幸せ……でもバッタ！）

料理するリヴィアの後ろ姿を見つめながら、望愛《のあ》は感動と興奮と恐怖が入り交じった感覚に打ち震えていた。

「……ふう、とりあえずこんなところでしょうか」

三十四匹ほど乾燥バッタを揚げ終え、適当に塩を振ってテーブルの真ん中に置くリヴィア。

続いて橋の下から持って来たお手製のぬか漬けを別の皿に乗せ、出かける前に炊いておいたご飯を茶碗によそい、食卓に並べる。

「さあ、どうぞ召し上がれ」

「はい……い、いただきます」

眩《まぶ》しい笑顔をこちらに向けるリヴィアと、皿にこんもり盛られたバッタの間で視線を彷徨《さまよ》わせ、望愛は泣きそうになる。

衣が付けばあるいは印象も変わるかと期待していたが、衣は薄く、「ザ・昆虫」というビジユアルはまったく隠せていない。

恐る恐る箸《はし》をバッタの揚げ焼きに近づけ、一つを箸に挟む。

（これはリヴィア様がわたくしに与えてくださった聖なるバッタ……つまりキリスト教におけるパン的な立ち位置……！）

意を決し、目を瞑《つぶ》って望愛はバッタを口の中に運んだ。さっくりした衣の感触とまぶされた塩の味が舌に広がる。ここまでは普通の塩味の天ぷらだ。

望愛がバッタを嚙《か》む。

海老《えび》の天ぷらのジューシーさとはほど遠いパサついた食感。しかしたしかに味は海老に似ているといえば似ている。天ぷらに使われるような海老ではなく、乾燥した桜エビを思わせる風味だ。

海老の天ぷらと比べれば海老のほうが絶対的に美味《おい》しいが、ほのかな苦みと相まって、酒のツマミとしてならこっちのほうが好きだという物好きも五十人に一人くらいはいるかもしれないとは思う。

「どうでしょうか？」

「はい、とても美味しいです！　わたくしがこれまで食べた料理の中で一番の美味と言っても過言ではありません！」

力強く答えた望愛に、リヴィアは照れ笑いを浮かべ、

「そこまで気に入っていただけたのなら某《それがし》も嬉《うれ》しいです。もしもバッタに出逢《であ》わなければ、某はひもじいホームレス生活の中で心が折れていたかもしれません。言うなればバッタは某にとっての救世主ですね」

「なんと……バッタ様がそこまでの存在だったなんて……」

望愛《のあ》は心からの感謝を込めて二匹目のバッタを食べる。

と、そのとき望愛の頭に、一つのアイデアが浮かんだ。

「リヴィア様。現在制作中のリヴィア様の御神体ですが、バッタを持たせるというのはどうでしょうか?」

望愛が作っているリヴィア像はただの美少女フィギュアではなく御神体なのだ。

そのためポーズをどうするか悩んでいたのだが、迷える子羊にバッタという救いを与えるリヴィア様の姿ならば、御神体として相応《ふさわ》しい。

「いいですね。某もバッタの素晴らしさを人々に知ってもらいたいですし」

リヴィアの賛同を得たので、リヴィア像にはバッタを持たせることが決定した。

「リヴィア様、他にもなにか、リヴィア様を象徴するようなアイテムはございますか?」

「某を象徴……?」

望愛の問いにリヴィアは少し考え、

「うーん……空き缶、ポリ袋、段ボール……いえ、これは某というか一般的なホームレスの

I found
GOD

象徴のような……。ラーメン、おにぎり、カレー……？　……ああそうだ、クランの商品ならバスケットボールはどうでしょう」

リヴィアの提案に望愛《のあ》は小首を傾《かし》げる。

「バスケットボール、ですか？」

「はい。クランの施設で斉藤《さいとう》殿たちとバスケをして楽しかったので」

「なるほど、リヴィア様にとってのクランの魅力の象徴というわけですね」

「いえ、べつにクラン自体に魅力を感じたわけでは……」

「わかりました！　それではリヴィア様像にはバッタとバスケットボールを持っていただくことにしましょう」

「……まあ、特に問題はありませんが」

思わぬところでリヴィア像の仕様が決まり、望愛は三匹目のバッタを食べ、続いてご飯を口に運ぶ。

「ふふ、美味《おい》しいですねバッタ。ご飯ともよく合います」

「そうでしょう」

リヴィアは笑い、自分もバッタを食べる。

「うん、やはりバッタは美味しい。まあ、某《それがし》は昼に食べた海老《えび》の天ぷらのほうが断然美味しかったと思いますが、好みは人それぞれでしょう」

「え」

盛大なちゃぶ台返しに望愛が固まる。

「望愛殿、まだまだバッタはたくさんありますので、どんどん召し上がってくださいね」

「は、はい！　喜んで！」

リヴィアに笑顔で言われ、反射的にそう答えてしまう望愛。

皿に乗っているぶんをすべて食べ終えたあとも、リヴィアは追加でどんどんバッタを揚げ続け、最終的に六十匹以上バッタを食べさせられた望愛は、その夜、バッタの大群に襲われる夢を見たのだった――。

異世界人が戸籍を取得する方法をガチ目に考えてみる

11月14日　22時6分

十一月中旬、鏑矢《かぶらや》探偵事務所にて。

惣助《そうすけ》は炬燵《こたつ》に入りながら、ノートパソコンで仕事の報告書を作成していた。

この三日間、惣助はある人物の調査をしており、彼を尾行したり、近所や職場の人間から彼の人間関係などをそれとなく聞いたりしていた。

そうして得られた情報や、彼が何時何分に家を出て何時何分にどこの店に入って何時何分に誰と会ったかなど詳細な記録を、報告書にまとめていく。

依頼人は惣助の得意先である、弁護士の愛崎《あいさき》ブレンダ。

調査対象は三十九歳の会社員の男。

ブレンダの依頼人である男の妻が離婚を望んでおり、男の身辺調査を行い、離婚を有利に進められるような証拠を見つけるのが今回の惣助の仕事だったのだが、この三日間の調査では社会的に問題があるような行動は見られなかった。

要するに調査は空振りに終わったわけだが、こういうこともよくある。

「三日間怪しい動きは何もなかった」というのもまた、一つの証拠なのだ。

明日ブレンダに報告書を見せ、調査を継続するか終了するかを決めてもらう。

一通り報告書を書き終えたちょうどそのとき、

「ふい〜、風呂が空いたぞよ」

パジャマ姿のサラがリビングへとやってきた。

サラの肌は赤らんでおり、身体からは湯気が立っている。

手にはジップロックに入ったスマホを持っており、どうやら風呂の中でスマホを使っていたようだ。

時間を確認すると、サラが風呂に入ってから軽く一時間以上は経《た》っていた。

「随分《ずいぶん》と長風呂だったな」

惣助が指摘すると、サラは冷蔵庫からお茶を取り出しながら、

「うむ。友奈《ゆな》と電話で、『演義で一番風評被害を受けたのは誰か』という話題で盛り上がっておったのじゃが、結論は出んかった。妾《わらわ》的には正史と真逆の悪者にされた華歆《かきん》や王朗《おうろう》あたりかと思うんじゃが、友奈の『本人がどう思うかが一番大事』というのも一理あって、たしかにこの二人は人格者じゃから後世の創作で悪役にされようが軽く流してくれそうな感ある。となるとかませ犬扱いされた周瑜《しゅうゆ》や曹真《そうしん》も大器ゆえ候補から外れるじゃろう。とはいえ悪人が悪人として描かれたからといって風評被害とは言い難《がた》い」

「三国志よく知らない俺には何言ってんのかさっぱりわからんし、中学生が盛り上がるにしては渋すぎる話題のような気もするが、まあ仲良くやってるなら何よりだ」

一応ざっくりとした話の流れは知っているし、実際の中国三国時代の歴史を意味する『正史』と、それをベースにした物語である『三国志演義』が違うというのはわかるが、どこがどう違うのかと言われるとサッパリだ。

「髪を乾かしたら友奈《ゆな》と第二ラウンドを始めるのじゃ！」

「あんまり夜更かしすんなよ。あっちは学校もあるんだから」

友奈——永縄《ながなわ》友奈というのは中学一年生の少女で、彼女の母親からイジメ問題の解決を依頼されて知り合った。サラと同い年で三国志という共通の趣味があったため、今ではすっかり仲の良い友達になっている。

弁護士のブレンダに内容証明郵便を送ってもらったことでイジメは無事収まったようで、学校にも普通に通えているという。

そこでふと、サラが前に「学校に行ってみたい」と言っていたことを思い出す。

サラのいた世界では、皇族や貴族は学校ではなく個別に教育を受けるのが普通で、同年代の子供と交流したことがほとんどないらしい。

「そういや前に、学校に行ってみたいとか言ってたな。今でもそう思ってるのか？」

惣助《そうすけ》が訊《たず》ねるとサラは頷《うなず》き、

「うむ。友奈のような面白い者が他にもおるのなら会ってみたいのじゃ」

「そうか。じゃあ明日ちょうどブレンダさんに会うから、ワケアリな外国人の子供が学校に通う方法があるかどうか訊《き》いてみるか」

「おお！　頼むぞよ！」

惣助の言葉に、サラは目を輝かせるのだった。

１１月１５日　１３時１７分

翌日。

弁護士・愛崎《あいさき》ブレンダの事務所に、探偵の鏑矢《かぶらや》惣助が調査の報告に訪れた。惣助が預かっているサラという少女も一緒だ。

「というわけで、今回の調査では特に離婚の役に立ちそうな証拠は手に入らなかった。まだ調査を続けるか？」

報告書を読み終えたブレンダに、惣助が訊ねてきた。

「いいえ、もういいわ。多分これ以上調べても何も出ないでしょうし」

ブレンダは静かに首を振る。

愛崎《あいさき》ブレンダ——白いドレスを纏《まと》った小柄な少女……のように見えるが、実年齢は三十四歳。何か特別なことをしたわけでもないのに、十五、六歳あたりで容姿の変化がほぼストップしてしまった。肌のハリや髪の艶も今のところまったく衰えていない。ブレンダの母親も六十近いのに異様に若々しいので、きっと遺伝なのだろう。

「随分《ずいぶん》あっさり諦《あきら》めるのじゃな」

サラがどこか訝《いぶか》しげに言った。

「どうせダメ元で頼んだ仕事だもの。ワタシの依頼人いわく、結婚して十年、他の女の影なんて感じたこともないそうよ」

「……俺が聞き込みで調べた評判も大体そんな感じだったな。真面目で愛妻家のいい旦那さんって印象だった。あんたの依頼人はそんな男となんで離婚したいんだ？」

「それは守秘義務があるから話せないわ」

惣助《そうすけ》の問いに、ブレンダは回答を拒否しつつ、

「でも、大体想像はつくと思うけれど」

「……まあな」

「どういうことじゃ？」

顔をしかめる惣助に、サラが不思議そうに訊《たず》ねる。

「依頼人のほうが浮気してたり他に何かやましいことがあったり、とにかく離婚を切り出した

とき不利になるのは依頼人のほうってことだろ」

「さあ？　どうかしら」

小さく笑みを浮かべてとぼけるブレンダ。

……惣助が言ったとおり、今回の依頼人が離婚を希望しているのは、夫以外に好きな男ができたからだ。

いつものように念のための事前調査で惣助に依頼したものの、夫に落ち度がないことは依頼人本人すら認めている。

調査の結果、普通に離婚を切り出してもすんなり受け容《い》れてもらえないという可能性はさらに強まった。この先は普通に調べても意味がないだろう。

「まったく……」

潔癖なところのある惣助は少し不快そうに嘆息したあと、

「あ、そうだ……ちょっとブレンダさんに相談したいことがあるんだが」

「なあに？　法律関係の相談なら三十分につき五千円よ」

ブレンダの言葉に惣助は「うぐ……」と唸《うな》り、

「そりゃそうか……弁護士に相談となると、金は必要だよなぁ」

「ならば結構じゃ。自分で調べることにするぞよ」

サラが言って、惣助も「そうだな」と頷《うなず》き、

「やっぱりいいや。それじゃ俺たちはこのへんで」

腰を浮かせた惣助《そうすけ》を、ブレンダは慌てて呼び止める。

「待ちなさい。聞くだけ聞いてあげるわ。無償で答えるかどうかは内容次第だけれど」

「いいのか？」

「くふふ……ワタシとアナタの仲じゃない」

「意味深に言うんじゃねえ」

惣助が呆《あき》れ顔でツッコんだ。

「それで、相談っていうのはなに？」

惣助は座り直し、少し言い出しづらそうなそぶりを見せながら、

「ええと……日本人じゃない子供が日本の学校に通える方法ってあったりするのか？」

「外国籍の子供ということ？」

ブレンダがサラに視線を向けて聞き返すと、「まあ、そうだ」と惣助は頷《うなず》く。

「べつに外国籍の子供であっても、学齢期……日本の場合は義務教育期間の九年間のことね、その年齢に該当するのであれば公立の義務教育機関……つまり小学校と中学校には普通に通えるわよ」

「そうなのか？」

少し驚いた顔をする惣助に、ブレンダは首を傾《かし》げる。

「というか……サラちゃん、だったわね？　たしかスウェーデンからの留学生という話だったけれど、学校に行ってないの？」

「妾《わらわ》はすでにあちらの高校を飛び級で卒業しておるゆえ、日本には見聞を広める目的で来たのじゃ」

サラはすらすらと淀みなく答えた。かなり珍しい境遇だが、嘘をついているようには見えない。だが、

「高校卒業レベルの学力があるのであれば、日本の義務教育を受ける必要は特にないのではないかしら？」

ブレンダが指摘すると惣助は、

「せっかく日本に来たのに同年代の友達が誰もいないってのも寂しいだろ？」

「あら、ワタシは子供のころ友達一人もいなかったわよ」

「いきなり悲しい過去をぶっ込んでくるのやめてください」

惣助が困った顔をして言った。

「べつに悲しくなんてないのだけれど……まあとにかく、自治体の教育委員会に『学齢期でありながら学校に通っていない子供がいる』ということを知らせれば公立校に通えるわ。サラちゃんの場合、日本語能力や学力にも問題なさそうだから、普通に年齢に即した学年に編入することになるでしょうね」

「ちなみに、なにか色々事情を調べられたりとかはしないのか？」

「さあ……少なくともビザの確認はされると思うけれど。届け出が間違ってないか大使館に問い合わせるかもしれないわね」

　すると惣助《そうすけ》の顔が微妙に引きつった。

「どうかした？」

「いや、べつに？　まあそりゃ本人確認はされるよな……」

　惣助は何やら考えるような素振りを見せ、

「ええと……たとえばの話なんだが、日本にも外国にも戸籍がない子供が学校に通う方法なんてのはあったりするのか？」

「……どうしてそんなことを訊《き》くのかしら？」

「いやまあ、話の種に知っておこうと思って」

　惣助の曖昧《あいまい》な返事に不審なものを感じつつ、

「文科省から教育委員会に、『無戸籍の不就学児童が発見されたら直ちに義務教育を受けられるよう支援するように』という通達が出ているわ。同時に、法務局に連絡して戸籍取得の支援も行うの」

「へー」

　惣助が意外そうな顔をした。

「そんな通達が出されたということは、この国にも戸籍がない子供が少なからずおるということじゃの」

「そうね」

サラの言葉にブレンダは頷《うなず》き、

「子供に限らないけれど、何らかの理由で出生届が出されずに、戸籍が編製されないまま生きている人はいるわ。戸籍がないから教育委員会の学齢簿にも載らないし、大抵の場合は劣悪な境遇に置かれてるから『戸籍がなくても義務教育を受けられる』という情報にアクセスすらできないケースも多いわ」

「現代日本でもそんなことがあるんだな……」

惣助は少し悲しげな顔をしたあと、

「ええと、これもあくまで仮にの話なんだが、戸籍もなくて親もわからない子供が日本の戸籍を手に入れることはできるのか？」

「棄児ということ？」

「きじ？」

「捨て子のこと。児童養護施設や病院の前に赤ん坊が捨てられていたという話がたまにあるでしょう。出生届が出されていない赤ん坊の場合は、市町村長が名前をつけて戸籍を作ることになっているわ」

「赤ん坊じゃなくて……例えば十歳くらいの子供の場合は?」

「その年の子供で身元がまったくわからないってどういう状況なの?」

「ええと……たとえば記憶喪失とか」

ブレンダは惣助《そうすけ》とサラの間で何度か視線を動かしたのち、

「……徹底的に身元を調べた上で、それでもわからなかった場合は新しい戸籍を編製することになるでしょうね。結論が出るまで相当な時間が必要でしょうけど。記憶喪失状態で発見されてどうしても身元がわからなかった人に、二重戸籍になることを容認した上で新しい戸籍が編製された事例はあるわ」

「うーむ、徹底的に調べられるのはちと困るのう……」

サラがぽつりと呟《つぶや》いた。

「他の方法となると、ワタシが考えつくのは非合法な手段ばかりね」

「非合法かぁ……」

惣助は苦い顔をして唸《うな》り、

「でも一応詳しく聞かせてほしい」

「一番簡単なのは、誰か日本人の子供ということにして出生届を出すことね。出生証明書、もしくはそれに準ずる証拠を偽造する必要があるし、何故《なぜ》これまで出生届を出さなかったのかしっかり説明できなくてはいけないけれど」

「なるほど……」

「ちなみに、見た目が明らかに外国人だと怪しまれると思うわ」

「あっ、たしかに……いやあくまで仮の話なので、もしも万一自分がそうする立場になったとしたら気をつけますよハハハ」

　そう言って笑う惣助の額には、わずかに冷や汗が浮かんでいた。

　ブレンダは口の端を吊り上げ、

「くふふ、もちろんわかっているわよ。あくまで仮の話。弁護士が犯罪の手引きをしたなんて知れたら大変だもの」

「ですよねーハハハ」

「ええ……くふふ……」

11月15日　13時52分

（うーん……どうしたもんかな……）

愛崎《あいさき》弁護士事務所を出た惣助とサラは、車で鏑矢《かぶらや》探偵事務所へと帰る。

その道すがら、惣助は頭を悩ませていた。

　サラを学校に通わせるとなると、身元を調べられるのは避けられないようだ。となると先に戸籍を手に入れるしかないが、そのためには非合法な手段に手を染める必要がある。

「惣助《そうすけ》、顔が暗いぞよ」

　助手席のサラが惣助に話しかけてきた。

「妾《わらわ》の戸籍のことなら気にせずともよい。戸籍なんぞなくても、妾ならどうとでも生きてゆけるわい」

「でもお前、学校に通いたいんだろ？」

「べつにどうしても通う必要があるわけでもないからの。探偵の仕事もあるし、通えんのならそれはそれで仕方あるまい」

　そう言うサラの声は、どこか元気がないように感じた。

「ブレンダさんの言ったように、方法がないわけじゃないんだぞ。一応、いろいろ偽装に協力してくれるアテがなくもないし……」

　決して頼りたくない相手なのだが、リスクを最小限に抑えることを考えると選択肢は一つしかない。

「妾のためにそなたが危険を冒す理由はあるまい」

「まあ、そう言われるとそうなんだが……」

　サラの言葉に一抹の寂しさを覚える惣助。

惣助にとってサラは、行きがかり上一緒にいるだけの他人なのだ。犯罪者になるリスクを負ってまでサラに戸籍を作る義理はない。

「合法的に戸籍を作れる可能性……なんかないかな」

「あるぞよ」

「え？」

惣助は驚いてサラに視線を向ける。

「妾が正真正銘の異世界人であることを公にしてしまうのじゃ」

「なるほど。たしかにそれなら新しく戸籍を作ってもらえる可能性はあるな。魔術を見せれば本当に異世界人だって認めてもらうこともできるかもしれない。でもな……」

「うむ。国が妾を実験動物扱いする可能性もあるし、そうでなくても異世界人じゃと認められるまで時間はかかるし監視か監禁は免れんじゃろう。非人道的な扱いを避けるために先にマスコミを利用して有名になっておくという手も考えられるが、いずれにせよ平穏な生活を送ることはできなくなるじゃろうな」

「わかってるなら言うなよ……」

惣助は力なくツッコむ。

「では記憶喪失のフリをするというのはどうじゃ？　それで戸籍が作られた前例があるんじゃろ？」

「お前の嘘の上手《うま》さは大したもんだと思うが……調べるほうもプロだからな」

「むう、たしかにプロ相手に騙《だま》しきれる自信はないのう。自白剤とか使われたらどうしようもないわい」

「……自白剤ってたまに映画とかで見るけど現実にあるのか？」

「えっ、ないんかや？」

「知らん」

そうこうしているうちに車は家へと辿《たど》り着き、戸籍の話はいったん保留となったのだった。

恋する悪女たち

11月15日　13時57分

（くふふ、今日は惣助《そうすけ》クンとたくさんお喋《しゃべ》りできたわ）

惣助とサラが愛崎《あいさき》弁護士事務所を去ったあと、ブレンダは笑みを浮かべた。

そんなブレンダに、

「鏑矢《かぶらや》様とたくさんお話できてよかったですね、お嬢様」

二人を見送って事務室に戻ってきた事務員の盾山《たてやま》が淡々とした口調でそう言った。特に描写はなかったが、彼女は惣助たちとの応対中、ずっとブレンダの横に控えていた。

「なにがよかったのかしら？　無償で相談に乗るなんて弁護士にとっては損失でしかないのだけれど？」

「左様《さよう》でございますか」

表情一つ変えずに盾山は流し、

「ところで、あのサラという少女、どうやら相当なわけありのようですね」

「そうね……」

先ほどの惣助《そうすけ》とサラの様子を見る限り、『戸籍がなく親もわからない子供』というのはサラのことでほぼ間違いないだろう。

「どういう素性《すじょう》なのかは知らないけれど、他人の子供にあそこまで親身になるなんて、惣助クンのお人好《ひとよ》しには困ったものね」

「他人の子供とは限らないのではないでしょうか」

「……？」

ブレンダが小首を傾《かし》げると、

「案外、鏑矢《かぶらや》様の隠し子という線もあるのでは」

「まさか」

盾山《たてやま》の言葉を、ブレンダは鼻で笑った。

「金髪の外国人の子供よ？　見たところ年齢は十一か二くらいかしら？　惣助クンの年齢を考えると、彼が高校生のときにできた子供ということになるじゃない」

「高校生で子供ができてしまうなど、珍しい話ではないと思いますが」

「だって惣助クンよ？　彼が高校時代、金髪の美女とそういう関係になったなんて考えられるかしら？」

薄笑みを浮かべて言ったブレンダに、盾山は淡々と、

「鏑矢様が地味にハイスペックなのはお嬢様もご存知かと思いますが。身体能力、頭脳、コミ

ユカ、いずれも悪くありません。高校生くらいだとまだ容姿が最優先となりがちですが、彼の魅力に気づく人がいてもおかしくはないでしょう」

「アナタがそこまで惣助クンを評価していたとは知らなかったわ。もしかしてアナタ、惣助クンのことを……」

「いいえ、私は人間は恋愛対象外なので」

警戒を浮かべるブレンダの言葉を、盾山は否定した。

「そうだったわね……たしか岐阜城と付き合っているんでしたっけ?」

「それは元カレで、今の恋人は郡上八幡城《ぐじょうはちまんじょう》です。ともあれ、鏑矢様はお嬢様が思っているほど安パイというわけではないですよ」

「え……」

ブレンダの顔に焦《あせ》りが浮かぶ。

「で、でも、惣助クン、地味だし、収入も不安定だし……」

「いいですかお嬢様。そもそも探偵という職業は基本的にモテます」

盾山は断言した。

「ええ……?」

なに言ってんのコイツという顔をしたブレンダに、盾山はつらつらと述べる。

「普通の人が日常的に接する職業ではありませんから興味関心を持たれやすいですし、探偵業で培われた話術、幅広い知識は恋愛においても強い武器になります。実際、以前私が数合わせで参加した合コンでは、男性サイドに医者と弁護士と商社マンがいたにもかかわらず、私以外の全員が探偵の男にお持ち帰りされました」

「そ、それはその探偵がすごいイケメンだったからではないの？」

すると盾山《たてやま》は首を振り、

「いえ、まったくのフツメンでした。そもそも先ほど申し上げたとおり、容姿だけで男性を判断するのはせいぜい学生の間までですし」

「で、でも、惣助《そうすけ》クンは貧乏よ」

「結婚を急いでいるのなら収入は最重要かもしれませんが、鏑矢《かぶらや》様はまだ二十代ですし、恋愛を楽しむつもりなら許容範囲かと」

「そ、そうなの……？」

盾山の見解に説得力を感じ、ブレンダは動揺を隠せない。

「私が思うに、余裕ぶってのんびりなさらず、鏑矢様がガッキーの結婚で落ち込んでいたときに全力で仕掛けるべきだったかと」

「し、仕掛ける？　なんのことかしらね……」

あくまでとぼけようとするブレンダに、盾山がどこか冷ややかな目を向ける。

（だってあのときは、惣助クンが他の女のことで落ち込んでいるのが面白くなかったんだもの……）

と、そのとき、インターフォンの呼び出し音が鳴り響いた。

盾山がすぐに通話ボタンを押して応対する。

「……お待ちしておりました。どうぞお入りください」

解錠ボタンを押して通話を切り、盾山が「二ノ宮《にのみや》様、お見えになりました」とブレンダに伝える。

「雑談はおしまいね。仕事をするわよ……くふふ」

そう言って邪悪な笑みを浮かべるブレンダ。

その顔は子供のころから勉強ばかりしていた恋愛偏差値が低い奥手な女ではなく、離婚案件において数多くの実績を誇る悪徳弁護士のものだった。

しばらくして事務所にやってきたのは三十代半ばくらいの女性。

彼女は先ほど惣助が報告書を持って来た調査対象の妻——夫以外の男と結婚するために今の夫と離婚したがっている、ブレンダの依頼人だ。

報告書を依頼人に見せ、

「残念ながら、ご主人にやましい点は発見できませんでした。今の段階で離婚を切り出せば、調停になった場合二ノ宮さんが不利になるでしょう」

「そう、ですか……」

依頼人もこの結果は予想していたようで、どこか諦《あきら》めた顔を浮かべる。

「今後普通にご主人の身辺調査を続けても、離婚事由になり得るような証拠が見つかる可能性は低いと言わざるを得ません。ただ――」

ブレンダはそこで声のトーンを落とし、

「その手の証拠を集めるのが得意な調査員であれば、あるいは何かを見つけられるかもしれません」

依頼人が驚きの表情を浮かべる。

「そんな人がいるんですか？　だったら最初からそうすれば――」

「なにせ特殊な技能を持つ専門家ですから、通常の調査と比べて依頼料がかなり高額になってしまうのです。もっとも、このまま離婚調停を行った場合に二ノ宮《にのみや》様が被る損失と比べれば些少《さしょう》な金額だとは思いますが」

依頼人がごくりと唾《つば》を呑み、

「……お願いします。その人に調べてもらってください」

その答えに、ブレンダは内心でほくそ笑むのだった。

依頼人が事務所を出たあと、ブレンダはさっそく鏑矢《かぶらや》探偵事務所とは別の、馴染《なじ》みの探偵事務所と連絡を取る。

そこに特殊な調査を依頼すると、惣助《そうすけ》の調査で何も出なかった調査対象であっても、どういうわけか高確率で不貞の証拠が出てきてしまうのだ。本当に不思議。

「付き合うのが苦手でも別れさせるのは得意というのは、人としてどうなのでしょうね」

「……お城が恋愛対象のアナタにはわからないわよ」

盾山《たてやま》の言葉に、ブレンダは拗《す》ねたようにそう返した。

１１月２５日　１５時３３分

ブレンダが「特殊な調査」を依頼して十日後。

愛崎《あいさき》弁護士事務所に、一人の女が訪れた。

閨《ねや》春《はる》花《か》、二十七歳。

草薙《くさなぎ》探偵事務所に所属する探偵で、清楚かつどこか緩い雰囲気のある、「日本人男性の好みのタイプ」の最大公約数のような可愛《かわい》い系の美女である。

（惣助クンもきっとこういう子のほうが好みなんでしょうね……）

確証はないが、ブレンダと閨、どっちがガッキーに近いかと言えば圧倒的に閨だ。

「いつもありがとうございます、愛崎先生」

閨が柔らかな笑みを浮かべて言った。

「この案件、春花《はるか》ちゃんが担当してくれたのね」

「はい。なかなか堅そうな相手とのことだったので」

ブレンダと草薙《くさなぎ》探偵事務所との関係は長く深い。鏑矢惣助《かぶらやそうすけ》と知り合ったのも、彼が草薙事務所に勤めていたときだ。

岐阜県ナンバーワンの大手事務所でありながら、金次第で汚い仕事も請け負ってくれる貴重な探偵事務所。

凄腕《すごうで》の弁護士が顧問を務めている上、政治家や実業家など多数の有力者の弱みを握っているため多少の不法行為ならいくらでも揉《も》み消せる。

まさに悪の探偵事務所であり、同じく悪寄りの弁護士であるブレンダとは蜜月の関係が続いていた。

そんな草薙事務所には、特殊調査を得意とする探偵が何人もいるのだが、その中でも一際優秀なのがこの閨《ねや》春花である。

「こちらが報告書と手に入れた証拠になります」

閨が報告書と一緒に、一枚の写真とＵＳＢメモリをブレンダに渡す。

写真に写っているのは、先日惣助に調査させていたサラリーマンが、妻ではない女性とラブホテルに入っていく瞬間だった。

男の顔ははっきり写っているが、女性の顔はカメラと違う方向を向いていてわからない。

わからないが、もちろんこの女性の正体は閨である。

「くふふ、さすがね」

ブレンダは心から賞賛し、続いて報告書に目を通す。

11月16日、三人の調査員で、対象の人間性や周囲の人間関係を調査。事前情報と齟齬《そご》がないことを確認。

11月17日、特殊調査員が会社帰りの対象に、会社の取引先の人間と偽《いつわ》って接触。

11月18日、対象の前でパスケースを落として拾ってもらい、後日お礼をさせてほしいと連絡先を交換する。

11月20日、対象と二人で昼食をとり、意気投合する。

11月22日、前回とは違う店で対象と二人で昼食をとる。

11月24日、オイスターバーで食事をしたあと、ホテルに入る。

「いつもながら鮮やかな手際ね……」

惣助が真面目な愛妻家と評した男と、出逢《であ》ってたった一週間でホテルへ入るまで関係を深めている。

「どうやって意気投合したのかとか、もっと具体的に教えてくれると助かるのだけれど」

閨の報告書はいつも簡素というか肝心なところをぼかして書かれている。結果を出してくれているので文句はないのだが、個人的にどうやったらこんな簡単に男と距離を縮められるのか知りたい。

「申し訳ありませんが企業秘密です♥」

　いかにも男受けしそうなあざとい笑みを浮かべて閨《ねや》が言った。

「……ちなみにホテルに入ったあとはどうなったのかしら？」

「それもプライベートなことなので秘密です♥」

　ブレンダは若干イラッとして頬を引きつらせつつ、

「まあいいわ。お疲れ様でした」

「これでお仕事終了ですか？　お望みでしたら対象が自分から奥さんに離婚を切り出すまで進めますけど」

　あっさりと言う閨に空恐ろしさを感じつつ、

「一応依頼人に確認してみるけれど、依頼人の支払い能力を考えるとこれで終わりでしょうね。現状でも十分離婚に持って行けるし」

「そうですか。ではわたしはこれで失礼します。今後ともご贔屓《ひいき》に」

「くふふ、こちらこそ今後とも宜《よろ》しくお願いするわね」

　二人の女は共に邪悪な笑みを浮かべるのだった。

11月25日　15時49分

愛崎《あいさき》弁護士事務所をあとにして、閨春花《ねやはるか》は車で草薙《くさなぎ》探偵事務所へと戻る。車は白のカローラで、閨のものではなく社用車だ。

一組の夫婦を引き裂く手助けをしたわけだが、閨の心に罪悪感は特にない。

離婚を望むほど気持ちが離れているのに無理に夫婦生活を続けても不幸なだけ、というのは以前ブレンダが言っていたことだが、閨もそれに同感だ。

今回の調査対象はちゃんと妻を大事にしていたようだが、わずか一週間であっさり誘惑に成功してしまった。

（つまり真実の愛じゃなかったということで、わたしは『調査』でそれを証明しただけー。ノットギルティですね）

一週間というのは凄腕《すごうで》の別れさせ工作員である閨にとっても最短の部類なのだが、真面目な愛妻家に見えて内心では色々ため込んでいたようで、本当に簡単な仕事だった。

ちなみにホテルに入ったあとは「やっぱりこういうのはよくないと思います」と対象を説得し、一緒にホテルを出た。出るときの写真ももちろん他の調査員が撮ってある。説得できないことも多いが、そういう場合は基本的に睡眠薬を飲ませて逃げる。

事務所の人間や依頼人たちは、自分のことを誰とでも寝るビッチだとでも思っていそうだが、

（わたしはそんな軽い女じゃないんですよー）

軽い女じゃないので、セックスはなんとなく気が向いたときにしかしない主義だ。

しかし、そんな闇にも全然落とせない相手がいる。

鏑矢《かぶらや》惣助《そうすけ》。

闇の先輩で、草薙探偵事務所に入社したばかりの頃の教育係でもあった。

容姿に優れた闇は尾行、張り込みなどの一般的な探偵業務には向いておらず、新人の頃は失敗してばかりだった。子供の頃から勉強もスポーツも恋愛も大抵のことは上手《うま》くできた闇にとって、それはひどく屈辱的《くつじょくてき》な体験だった。

そんな闇をフォローしつつ、次々と成果を上げていく惣助に、闇は尊敬と同時に嫉妬《しっと》を覚えた。

やがて別れさせ工作員としての才能に目覚め、見る間に事務所の稼ぎ頭に躍り出た闇は、惣助を魅了することを最終目標に掲げるようになった。スキルの方向性は違うが、探偵として彼に勝ちたい。

しかしどれだけ女としての魅力を磨いても惣助が闇に惹《ひ》かれる様子はなく、独立後もちょくちょく会いに行っては気のある素振りを見せているのに一向に乗ってこない。

（もし惣助先輩がわたしに惚れてくれたら、なんでもしてあげるのになー）

自分が惣助に本気になっていることに、闇は気づいていなかった。

……なお。

閨《ねや》は自分のお得意様である弁護士の愛崎《あいさき》ブレンダが、推し《惣助》に不要な仕事を頻繁《ひんぱん》に依頼して間接的に貢いでいることを知らない。

そしてブレンダのほうも、惣助《そうすけ》が草薙《くさなぎ》探偵事務所を辞めたあとも閨との交流が続いていることを知らないのだった——。

ヒモ女騎士

１１月１７日　１１時２６分

リヴィアが皆神望愛《みなかみのあ》のマンションで暮らすようになって、一週間が過ぎた。

毎日好きな時間に寝起きして三食美味《おい》しいものを食べ、漫画を読んだりネットを見たり、大きなテレビで映画を観たりゲームをやったりして過ごす。

一応ワールズブランチヒルクランの商品開発アドバイザーという役職に就いてはいるのだが、傍にバッタとバスケットボールを持たせることが決まって以来、望愛がリヴィアに意見を求めてくることはなく、他に仕事らしい仕事はまったくしていない。

ホームレス時代とは一変した快適すぎる生活に最初のうちは抵抗を覚え、せめて部屋の掃除や家事をやらせてほしいと頼んだのだが、「救世主様にそのような雑事をさせるわけにはまいりません」と断られた。

（まあ、休暇だと思ってたまにはのんびりしますか）

適応力の高いリヴィアは現状にすぐ慣れてしまい、今ではすっかり贅沢《ぜいたく》な暮らしを満喫していた。

今日も今日とて、昼近くまで惰眠を貪《むさぼ》りようやくベッドから起き上がるリヴィア。

ベッドはクイーンサイズだが、リヴィア一人で使っており、望愛《のあ》はリビングのソファか作業部屋の椅子で寝ている。

もちろん最初は遠慮して自分がソファで寝ると言ったのだが、望愛は「わたくしが無理を言って滞在していただいているのですから、どうか遠慮なくベッドをお使いください」と頑《かたく》なに主張し、せめて一緒に寝ることを提案したところ、「救世主様とベッドを共にするなど恐れ多いです！　というかリヴィア様が隣に寝ていたらわたくしは、わたくしはもう自分が抑えられる自信がありません……！」と鼻息荒く言うので仕方なく一人でベッドを使っている。

望愛に買ってもらったパジャマ姿のまま寝室を出てリビングから作業部屋に入り、パソコンで作業中の望愛に声をかける。

「おはようございます」

「リヴィア様！　おはようございます」

「望愛殿、今日は外へ食べに行きたいのですが」

「わかりました。では食事代をお渡ししますね」

望愛から一万円をもらい、望愛に買ってもらったブルゾンと望愛に買ってもらったデニムパンツを纏《まと》ったリヴィアは、望愛に買ってもらったバッグに望愛に買ってもらった財布と望愛に買ってもらったスマホを入れ、マンションを出た。

リヴィアが向かったのは昨日ネットで見つけて気になった、『岐阜タンメン』というタンメンの専門店だ。

店の外には十人以上の列ができており、人気店であることがうかがえた。並ぶのには慣れているので躊躇《ためら》わず並ぶ。

二十分ほど待って店内に入り、席に座る。

メニューはタンメン単品か、半チャーハンまたは半チャーハン&餃子《ギョーザ》付きのセットを選ぶことができ、リヴィアは迷うことなく半チャン餃子セットを選んだ。

タンメンの辛さはとりあえず様子見で二辛を選択。トッピングで野菜と肉を増量し、さらに味玉とネギと海苔とわかめとコーンを追加。

（タンメン……ラーメンとは違うのでしょうか）

外で待っているときにスマホで調べてみたが、よくわからなかった。

岐阜タンメンというのは、辛みダレと酢モヤシを加えるところが普通のタンメンと違うらしいのだが、リヴィアは普通のタンメンを食べたことがないので比べようもない。そもそもラーメンも安い袋麺とカップ麺しか食べたことがない。

ネットには具材とスープを一緒に煮込むことがラーメンとタンメンの違いだと書かれていたのだが、リヴィアは袋麺を作るとき鍋で野菜とスープと麺を一緒に煮ていた。

（では某《それがし》がこれまで食べてきたのは、ラーメンなのかタンメンなのか、一体どっちなのでしよう……）

また、この国にはワンタンメンやらタンタンメンやらスーラータンメンなどという料理もあって、これらもタンメンとは違うものらしい。

（この国の麺料理、難しすぎます……）

そんなことを考えながら待っていると、ほどなくして注文した料理が運ばれてきた。

「おお……！」

野菜と肉、各種トッピングがこんもりと盛られた、ホームレス時代に食べていたラーメンとは次元の違う豪勢なビジュアルに、リヴィアは思わず声を上げた。

「いただきます」

箸《はし》を持ち、まずは丼の奥に隠れた麺を挟んで口に運ぶ。ニンニクの効いた塩ベースのトロッとしたスープが細い麺によく絡んでおり、見た目の印象よりあっさりした味わいながらも複雑な旨味《うまみ》が口の中を満たす。ピリッとした辛さが旨味を引き立て、豚肉やキャベツの甘みと食感も、スープとの相性抜群で箸が止まらない。

あっという間に完食したのち、半チャーハンと餃子《ギョーザ》も平らげ、さらにタンメンの替え玉を注文する。

卓上に用意されている酢モヤシを麺に乗せると、酸っぱさが良いアクセントになって食べ飽きることがない。

スープもすべて飲み干し、

「ごちそうさまでした」

ほどほどに腹が満たされ、幸せな気分でリヴィアは店を出た。

（この世界は本当に美味《おい》しいもので溢《あふ》れていますね……）

ふらふらと県道沿いを歩きながらリヴィアは思う。

ホームレス時代はいかに効率よくゴミ捨て場を回るかしか考えていなかったが、落ち着いて街の風景を見ていると、いたるところに美味しそうな店があることに気づく。

望愛《のあ》のマンションで食べた出前の天丼、寿司、ピザ、ハンバーガー、トンカツなども全部美味しかったが、自分で店を開拓してみるのもいいかもしれない。

かつて鏑矢《かぶらや》探偵事務所にいたときサラから聞いた話では、この世界はリヴィアたちのいた世界とは違う歴史を辿《たど》った平行世界とかいうもので、最初から言葉がある程度通じたのはそのためらしい。

とはいえ街の風景も文明レベルもリヴィアのいた世界とは違いすぎて、受け容《い》れるには少し時間がかかった。

（旧魔王城もあんな感じですし……）

街のどこからでも見える、金華山《きんかざん》の上に立つ岐阜城へと視線を向けるリヴィア。

岐阜城――かつて大魔王と称されたオフィム帝国初代皇帝の拠点であったことから、元の世界では『旧魔王城』という呼び名が定着し、岐阜城と呼ぶ者はほとんどいなかった。

あちらの岐阜城は山のシルエットが変わるほどの大要塞化が施《ほどこ》されていたのだが、こっちの岐阜城は本丸のみ再建され、中はただの資料館だという。

また、森《ウーディス》家の先祖である可成《よしなり》・ド・ウーディスはこちらの世界では戦死しており、その息子で初代皇帝の衆道の相手まで務めた美男子、成利《なりとし》（蘭丸《らんまる》の俗称で知られる）も、こちらでは信長《のぶなが》が本能寺《ほんのうじ》で横死したとき一緒に戦死してしまったらしい。

名門ウーディス家の名も、こちらの世界では何の価値もない。

だとすれば、平行世界とはいえやはりここは元の世界とは根本的に違う世界で、サラとリヴィアは、その中でどうにかして生きていくしかないのだろう。

リヴィアは決意を新たにする。その直後、美味《おい》しそうな匂いのする店にフラフラと吸い寄せられ、みたらし団子を三本購入して食べながら歩く。

続いてリヴィアが興味を引かれたのは、たくさんのノボリに囲まれた、派手な外観の大きな建物——パチンコ店であった。

以前ホームレス仲間の一人が「今日はパチンコで大勝ちしたんだよ～！」と自慢しながら酒を振る舞ってくれたことを思い出す。なんでも、簡単なゲームをやって勝てばお金がもらえるらしい。

（望愛《のあ》殿にお金をもらいっぱなしというのも気が引けますし、ちょっと稼いでいきましょう）

リヴィアは意気揚々とパチンコ店に入っていくのだった。

11月17日　14時38分

リヴィアがパチンコ店に入って一時間後。

（クッ！　まさか激アツ演出が流れたのに外れるとは……！　あんなのどう見ても当たり確定ではないですか！）

望愛からもらったお金をすべて使い果たし、リヴィアは悔しげな顔で店を出た。

（負けたままでは終われません。せめて失ったぶんを取り戻さなくては……！）

パチンコ店の看板を睨《にら》み、明日またリベンジすることを誓ってリヴィアは歩き出す。

向かう先は銭湯だ。

小銭なら多少残っているので、ホームレスのとき通っていた安い銭湯なら入れる。

望愛の部屋の風呂は広いのだが、さすがにサウナまではないので、今もととのうために銭湯には通っている。

銭湯に着き、湯船に浸《つ》かるのもそこそこにサウナへと入る。

すると中には見知った顔があった。

「あっ、リヴィアちゃん。また会ったたっすね」

「プリケツ殿！　お元気でしたか」

リヴィアが言うと巨乳の少女——プリケツは笑って、

「どうにか新しいバイト先と部屋が見つかったとこっす」

「おお、それはよかった。仕事はその……またセクキャバですか？」

「や、深夜のカラオケ屋っす」

「カラオケ……たしか歌を歌うところでしたね」

「うぃっす」

「カラオケ屋でも客に胸を触らせたりするのですか？」

リヴィアの問いにプリケツは噴き出し、

「カラオケ屋でそんなことしたら大問題っすよ！　ときどき部屋でイチャついてるお客さんはいるっすけど、店員はべつにエッチなサービスとかしないっす」

「なるほど。安心しました」

「まあ風俗より時給は低いっすけど……セクキャバはまたテキハツとかされると困るし、普通のキャバとかガールズバーだと自分まだ酒飲めないんでガッツリ稼げないんすよね。だったら基本給はそこまで変わんないし、普通の深夜バイトでいいかなって。カラオケ屋なら店員割引あるんで歌の練習するのにも便利だし」

「いろいろ考えておられるのですね……」

リヴィアはプリケツに尊敬の眼差《まなざ》しを向けた。

「リヴィアちゃんのほうは最近どうっすか？」

「某《それがし》、ホームレスを卒業しました」

プリケツの問いに、リヴィアは少し胸を張って答えた。

「おおー！　おめでとうっす。じゃあ今はなにをやってるんすか？」

「商品開発アドバイザーをやっております」

「へー、なんかすごそうっすね！　どんな仕事なんすか？」

「え……」

リヴィアは答えに詰まる。具体的にどんな仕事なのかと言われると上手《うま》く説明できない。

「ええと、人形を作っている人がいて、身体をすりーでぃーすきゃん？　されたり、たまに感想を言ったりします」

プリケツは首を傾《かし》げ、

「はー……よくわかんないっすけど、とにかく仕事が見つかってよかったっすね。家はどのへんなんすか？」

「その人の家で寝泊まりしています」

「え!?　その人って男っすか？　女っすか？」

「女です」

「なるほど。住み込みの仕事みたいなもんすかね。食事とかも出るんすか？」

「はい。食費や服などもすべてその人からいただいています。普段は自由にしていいと言われており、漫画を読んだり映画を観たり……今日はパチンコをやりました」

リヴィアの言葉を微妙な顔で聞いていたプリケツは、

「うーん、ぶっちゃけアレっすね。**ヒモ**みたいっすね」

「ヒモ、とはなんですか？」

「女に養ってもらってる人のことっす。大抵、働かずにお小遣いもらって遊び歩いてる人が多いみたいっすね。男を指す場合が多いんすけど、女の場合もヒモって呼ぶらしいっす。ちなみに養ってる女のことはヒモ女って呼ぶらしいっすよ。ややこしいっすね」

「いやいやプリケツ殿、某《それがし》は別に望愛《のあ》殿に養ってもらっているわけでは——」

そう言いながら、リヴィアは最近の自分の生活を振り返ってみた。

仕事らしい仕事はせず、好きな時間に寝起きし、望愛に食事の世話をしてもらい、服を買ってもらい、お小遣いをもらってラーメンを食べパチンコを打つ。

完全に望愛に養ってもらっている。

「…………某、ヒモですか？」

「リヴィアちゃんの話を聞く限りではヒモっすね」

顔を引きつらせて訊《たず》ねたリヴィアに、プリケツは容赦《ようしゃ》なく頷《うなず》き、

「でも別にいいじゃないっすか、それで問題なく生活できてるなら。セクキャバにもヒモ女やってる人が結構いたんすけど、みんな割と幸せそうでしたよ」

「そういうものですか？　たしかに望愛殿には、ここにいてくれるだけでいいと言われていますが……」

「おー、愛されてるっすねー」

「いいえ、愛されているというか……信仰されているというか……」

本当にこのままでいいのだろうかとリヴィアが頭を悩ませていると、

「そういやリヴィアちゃんって、なんか楽器できないっすか？」

「え？」

唐突な質問に戸惑うリヴィアに、

「実はこないだリヴィアちゃんと会ったあと、自分のバンド解散しちゃったんすよ。だから新しくメンバー探してるとこなんす」

「そうだったのですか……」

そんな大変な状況にあってなお諦《あきら》めず、働きながら夢を追いかけているプリケツにリヴィアは心から敬意を抱《いだ》き、同時に、ヒモをやっている自分に羞恥心《しゅうちしん》を覚える。

「だからもし楽器ができるなら自分とバンド組んでほしいんすよ。正式メンバーが決まるまで

いです」

「プリケッツ殿のお力になりたいのは山々ですが……某《それがし》、楽器は琵琶《びわ》を嗜《たしな》み程度に弾けるくらいのヘルプでもいいんで」

「琵琶っすか⁉　また意外なのが来たっすね……」

プリケッツは驚きの顔を浮かべ、

「だったらギター始めてみないっすか？　メンバーが置いてってたギターがあるんすよ。琵琶が弾けるなら多分すぐに上手《うま》くなるっす」

ギターというのは数日前に観た映画に出てきたので知っていた。あちらの世界にも名前は違うがほぼ同じ楽器が存在する。

「たしかに琵琶と形は似ていますが……」

「同じ弦楽器っすからきっと大丈夫っすよ！」

プリケッツは力強く断言した。

リヴィアは少し考え、

「わかりました。とりあえずやるだけやってみましょう。どうせ暇ですし……」

少なくとも今のヒモ状態よりは楽器の練習でもしていたほうがマシだろう。

そう思ってリヴィアが頷《うなず》くと、

「あざっす！　リヴィアちゃんは自分の救世主っす！」

歓声を上げ、プリケツが抱きついてきた。

サウナの中なのでお互い全身から汗が噴き出しており、ヌルヌルする。

「あの、救世主は本当に勘弁してください……」

心の底からそう言うリヴィアだった。

１１月１７日　１６時２４分

「そういや自分、リヴィアちゃんに本名言ってなかったっすね。自分の本名は弓指《ゆみさし》明日美《あすみ》。明日美って呼んでほしいっす」

「わかりました、明日美殿」

ギターを受け取るため、リヴィアはプリケツこと弓指明日美の部屋を訪れた。

六畳一間の古いアパートで、床には布団が敷かれたままになっている。

棚には大量のＣＤが並び、机にノートパソコンと、望愛《のあ》の部屋にあるものよりはかなりグレードが落ちるＤＴＭの機材やヘッドフォン、マイクなどが置かれている。

衣類の掛けられたハンガーラックの横には、ギターケースが立てかけてあり、明日美はそれを持ってリヴィアに差し出してきた。

「はい、これがギターっす」

「本当にもらってもよろしいのですか？」

「先輩からは自分の好きにしていいって言われたんで。かといって売るのもアレだし、自分で使うにしてもこの部屋、壁が薄すぎてアンプに繋《つな》がなくても隣に丸聞こえなんすよ」

「わかりました。では某《それがし》が使わせていただきます」

リヴィアがギターを受け取ると、明日美《あすみ》はさらに部屋の押し入れから色々取り出して紙袋に入れ、差し出してきた。

「これ、アンプとチューナーと教本っす。自分もあんまり上手《うま》くないっすけど基本的なことなら教えられるんで、わかんないことがあったら訊《き》いてほしいっす」

「わかりました」

アンプとチューナーというのがそもそもわからないが、あとで自分で調べることにした。

「あっ、そうだ。ちょっと自分らの曲、聴いてってもらえないっすか？」

「明日美殿の前のバンドの曲ですか？」

「うぃっす」

「たしかに、明日美殿がどのような音楽をされているのか知らないことには始まりませんね」

リヴィアはいったん荷物を床に置く。

明日美がスマホを取り出してヘッドフォンに繋ぎ、リヴィアはヘッドフォンを装着する。

「じゃ、流すっすよ」

明日美がそう言って、かつての彼女のバンド『節子《せつこ》それドロップやない』の最新作にして最後の曲『ふわふわチョコレートソーダ』を再生し始める。

ヘッドフォンから流れて来たのはハイテンポなロックナンバー。長めのイントロののち、歌が始まる。

「歌っているのは明日美殿ですか？」

「そっす」

普段の緩い感じの喋《しゃべ》り方からは想像できない迫力ある歌声に、リヴィアは驚いた。

「どっすか？」

最後まで聴き終え、明日美が感想を求めてくる。

「某、こういう音楽のことはよくわかりませんが、いいと思います」

曲自体は正直ピンとこなかったが、明日美の歌は本当にいいと思ったので、リヴィアはそう答えた。

１１月１７日　１７時３６分

明日美《あすみ》とスマホの連絡先を交換し、リヴィアはギターケースを背負い紙袋を持って明日美の部屋を出、望愛《のあ》のマンションへと帰ってきた。

「ただいま帰りました」

「お帰りなさいませ、リヴィア様。……あら？」

作業部屋にいた望愛に挨拶《あいさつ》すると、振り返った望愛が怪訝《けげん》な顔を浮かべる。

「そちらのお荷物は一体？」

「友人にいただいたギターです。某《それがし》、ギターを始めることになりました。まったくの初心者ですので上達には時間がかかりそうですが」

「そうなのですか。ではクランにギターが弾けるかたがいましたらご紹介しましょうか？」

「ありがとうございます。ぜひお願いします」

そこでふと、机の上に置かれたＭＩＤＩキーボードが視界に入った。明日美の部屋にあったものよりも大きくて立派なものだ。

「望愛殿はもしかして音楽もやられるのですか？」

「そうですね。たまに手慰《てなぐさ》みで曲を作ったりしています。お恥ずかしながら、クランの宣伝ビデオなどで使っているＢＧＭもわたくしが作ったものです」

「なんと。それはすごい」

リヴィアがワールズブランチヒルクランの施設に行ったとき動画を見せられたのだが、その

ＢＧＭは宗教音楽とエレクトロニックミュージックが融合したような楽曲で、どれも聴き心地がよかった。定期的に「クランを信じなさい」みたいなサブリミナル音声が入っているのが邪魔《じゃま》ではあったたが。

「よろしければ友人のバンドの曲を聴いてもらえませんか？　某にはよくわからなかったので」

「リヴィア様のお願いでしたら喜んで」

望愛の返事を聞いたリヴィアは、スマホで明日美に「居候先《いそうろうさき》のかたが音楽もやっておられるので、明日美殿の曲を聴いてもらおうと思うのですが」と送信。

するとすぐに明日美から「まじっすか！　ぜひお願いするっす」というメッセージが届き、続いて動画配信サイトのリンクが送られてきた。

リンクをタップすると、明日美の部屋で聴いたのと同じ曲が流れはじめ、画面ではキラキラしたＣＧを背景に歌詞が表示されていく。

「……なるほど」

曲が終わり、望愛が小さく呟《つぶや》いた。

「いかがでしょうか？」

すると望愛はどこか躊躇《ためら》いがちに、

「率直に申し上げてもよろしいですか？」

「もちろんです」

望愛《のあ》は「では……」と前置きし、

「一言でいうと全然駄目ですね。ボーカルだけはそれなりに聞けるのですが、曲も演奏もお話になりません。各パートの主張が強すぎてまったく調和がとれていませんし、無駄に多いギターソロが曲全体を間延びさせています。恐らく一人だけ上手《うま》いボーカルへの対抗意識のようなものが前面に出ているのではないでしょうか。メンバーの不仲が音に表れるようになったらバンドはもう終わりです」

「あ、はい……実際、最近解散してしまったそうです」

「やはりそうですか。ではこれはもう指摘しても意味がありませんが、『節子《せつこ》それドロップやない』というバンド名もいかがなものかと思います。奇を衒《てら》った名前のバンドも最近は多いですが、これはネットミームそのままなので検索しても元ネタのほうしか出てきません。元ネタを超えるほど有名になってみせるという覚悟の表れなら構わないのですが、恐らく単に想像力を欠いたまま受け狙いで付けただけでしょう。『ふわふわチョコレートソーダ』という曲名も意味がわかりませんし、その割に歌詞はありきたりで印象に残りません」

「な、なるほど……」

あまりの酷評にリヴィアは冷や汗を浮かべる。動画サイトに十件ほどコメントが付いているのだが、それも「歌は割と上手い」「ギターソロ長い割に微妙すぎる」「印象に残らない曲」といった望愛の評価と同じような内容ばかりだ。

（明日美《あすみ》殿の夢、どうやら前途多難のようですね……）

リヴィアはとりあえず明日美に「歌が上手いとのことです」と日和《ひよ》ったメッセージを送るのだった。

CHARACTERS

SALAD BOWL
OF
ECCENTRICS

リヴィア NAME

ジョブ:ヒモ NEW
アライメント:善/中庸 NEW

STATUS

体力:100
筋力:100
知力: 30 NEW
精神力: 94 NEW
魔力: 19
敏捷性:100
器用さ: 74
魅力: 95 NEW
運: 18
コミュ力: 41

姫と馬

11月22日　10時7分

「おっ、あれがマルタイじゃな」

「ああ。これから配達かな」

建物の中から出てきた人物を見て、後部座席のサラが言い、惣助《そうすけ》も頷《うなず》く。

現在、惣助とサラは車の中から、三十メートルほど離れた場所にある店を見張っていた。

『いちのせ酒店』という名前の、個人経営の小さな酒屋である。

調査対象はその店の主人、一ノ瀬《いちのせ》洋平《ようへい》、四十二歳。

依頼人はその妻の、一ノ瀬美佳《みか》、四十歳。

二人の間には中学一年の息子と小学六年の娘がいる。

依頼内容は例によって不倫調査で、三ヶ月ほど前から、洋平が配達に出ている時間が妙に長いことが増えた。また、ときどき家族にケーキやお菓子などのお土産を買ってくるようになったという。これまでに見られなかった行動が増えるのは、不倫の典型的な兆候の一つだ。

「それになんだか、前よりも生き生きしてるような気がするんです」と依頼人は言う。

洋平《ようへい》は親から酒屋を継いだのだが、本人が下戸ということもあって仕事への情熱は薄く、家族を養うために仕方なく働いている印象だった。これといった趣味もなく、休日は帳簿を付けている。そんな彼が、最近は妙に生き生きしているという。

「なにかいいことでもあったの?」と依頼人が訊《き》いても、「別になにもない」とはぐらかされてしまう。そこで探偵に調査を依頼してきたというわけだ。

配達車に商品を積み込み、洋平が車を発進させる。

惣助《そうすけ》も車でそのあとを追う。

最初に洋平が訪れたのは、酒屋から車で十分ほどの場所にある民家だった。

惣助は少し離れたところへ車を停め、スマホのカメラを構えながら洋平を観察する。

ビール瓶一ケースを車から降ろし、玄関まで運んで呼び鈴を鳴らす。

家の中から一人の中年の女性が現れ、二言三言会話したあと、洋平はビールケースを持って家の中へ入っていく。惣助はすかさずその様子を録画した。

「おっ!　いきなり当たりかや?」

「どうだろうな」

サラが声を上げ、惣助も真剣な目で観察を続ける。しかし玄関の扉が閉まることはなく、三十秒と経《た》たないうちに洋平は家から出てきた。

洋平と女性がそれぞれお辞儀をし、洋平は車に戻っていき、玄関の扉が閉められる。どうやらビールケースが重いので家の中まで運んであげただけのようだ。

「まあそう簡単にはいかないか」

洋平が再び車を発進させ、惣助も追跡を再開する。

次に洋平がやってきたのは居酒屋で、店のスタッフとともにビールケースを複数店内に運び入れていく。一応この様子も撮影する。

その後も二時間ほど追跡を続けるも、洋平の行き先はお客さんのところばかりだった。仏頂面で口数も少ないが、商品の運び方は丁寧で得意先から信用されているようだ。

「むーん、真面目に仕事しておるだけじゃのう」

サラがつまらなそうに言った。

十二時過ぎ、洋平は牛丼チェーンに入っていった。

惣助が少し時間をおいて車を降り、店の中をさりげなく覗《のぞ》くと、洋平は一人で牛丼を食べていた。

「……誰かと待ち合わせってこともなさそうだし、ただ昼飯に寄っただけだな」

「惣助、妾《わらわ》も牛丼食べたいぞよ」

車に戻った惣助に、サラが言う。

「今は駄目だ。お前を連れて店に入るのは目立ちすぎる」

「変装しても駄目かや？」

「変装？」

今のサラは一応金髪が目立たないように帽子を被《かぶ》っているのだが、正直焼け石に水だ。

サラは目を閉じ、集中するように身体の動きを止めた。するとサラの髪の色が、頭のほうから徐々に黒へと変わっていく。

「どうじゃ？」

完全に黒髪へと変化したサラが目を開けると、なんと瞳の色まで金から黒に変わっていた。

「おお……」

思わず感嘆の声を漏《も》らす惣助《そうすけ》。

色白の肌と西洋系の顔立ちは変わっていないが、日本人にもそういう顔の人はいる。サラが流暢《りゅうちょう》な日本語で堂々と日本人だと言い張れば、怪しまれることはないだろう。

「便利なもんだな、魔術って……」

「ふひひ、すごかろう」

感心する惣助に、サラは得意げに笑う。

「つーか、そんなことができるなら最初に言えよ。そしたらスウェーデンからの留学生とかややこしい設定じゃなくて、もっとシンプルにいけただろ。ああでも、長時間持続させられないんだっけか？」

「いんや？　透明化や浮遊の術と違って色素変化の術は一度使えばずっと続くぞよ」

「じゃあ黒髪黒目の日本人のフリすりゃよかったじゃねえか」

「やじゃよ。妾《わらわ》金色好きじゃし。それに永続するのは変化させた部分だけじゃからな。いずれもとの色の髪が生えてくる」

「なるほど……。それでも気軽に無料で髪の色が変えられるのは便利だな」

「うむ。妾お気に入りの術の一つじゃ。ちなみに髪を伸ばすこともできるぞよ。短くするには切るしかないので今は使えんが」

「マジかよ。そんな魔術があったらハゲを心配する必要なくなるじゃねえか」

祖父が禿《は》げていたので、惣助は自分も将来禿げるのではと不安なのだった。波平さんと同い年の父親がまだフサフサなのが、一応の安心材料ではあるが。

「いや、毛根が完全に死んでおる場合は効かぬ」

「……」

サラの無慈悲な一言に落胆しつつ、

「まあどっちにしろ、いま店に入るのは駄目だ。黒髪にしようが平日の昼間にどう見ても義務教育期間の子供が牛丼屋にいる時点で目立つ。昼飯は買ってあるからそれで我慢しろ」

そう言っておにぎりやサンドイッチが入ったコンビニの袋を差し出す。

「むー」

サラは少し不満げに唸《うな》り、袋の中を見る。

「ふむ、ツナマヨとエビマヨがあるではないか。異世界人にはマヨネーズを与えておけば喜ぶという安易な発想じゃな」

「マヨ系は俺が好きだから買っただけだ。嫌なら他のを食え」

「嫌とは言っておらん。妾《わらわ》マヨ大好き」

嬉々としておにぎりを食べ始めるサラに惣助《そうすけ》は苦笑するのだった。

……十五分ほどして牛丼屋から出てきた洋平《ようへい》をさらに二時間ほど追跡するも、結局この日は普通に配達をしただけで終わった。

一応夕方までいちのせ酒店を見張ったあと、惣助は金髪金目に戻ったサラとともに夕飯に牛丼を食べて事務所に戻るのだった。

１１月２４日　１０時５１分

その次の日も尾行は空振りに終わり、三日目も、酒屋を出た洋平は、一軒目、二軒目、三軒目と普通に配達を行った。

三軒目の居酒屋への配達を終えた洋平の車を、惣助は追跡する。

「いい加減尻尾《しっぽ》を出してほしいもんじゃのー」

黒髪黒目状態のサラが退屈そうに言った。

「同感だ……」

疲れた声で惣助はぼやく。

車での尾行は難易度が高く、神経を使うので疲労も激しい。

眼鏡やサングラスをかけたり帽子やウィッグを被《かぶ》ったりして運転手の印象を変えてはいるものの、さすがに三日続けてずっと同じ車が後ろにいたら対象に気づかれる可能性が高い。

今のところ洋平が尾行に勘づいた様子はないが、そろそろ限界かもしれない。

そんな惣助の思いに応えたわけでもないだろうが、状況に変化があった。

「どこまで行く気だ……？」

追跡すること十五分、車は岐阜市を出て、隣町に入った。

さらに数分後、洋平がようやく車を停める。

そこは競馬場の駐車場だった。

惣助も駐車場に車を停め、洋平の様子をうかがう。

「……個人経営の酒屋が、競馬場にまで酒を卸してるのか？」

訝《いぶか》りながら見ていると、洋平は運転席から降り、商品を車から出すことなく、そのまま いそいそと競馬場の入り口のほうへ歩いて行った。

惣助とサラも車を降りて洋平のあとをつける。

「ふう、外はなかなか冷えるのう」

「そうだな」

サラの言葉に惣助《そうすけ》は頷《うなず》く。

内陸にある岐阜の冬は寒い。しかも「伊吹《いぶき》おろし」と呼ばれる乾いた冷たい風が、日本海から山を越えて濃尾《のうび》平野に吹き込むため、体感温度は実際の気温よりもさらに低くなるのだ。

「風邪ひかないように気をつけろよ」

惣助もサラもそれなりに厚着をしているが、車内とのギャップもあって結構寒い。

「うむ。まあ風邪くらいなら魔術ですぐに治せるがの」

「ほんとに便利だな。医者いらずじゃねえか」

「身体機能を高める魔術は基本じゃからな。自然治癒《ちゆ》が見込めぬ、外科手術を必要とする病気や致命的な怪我《けが》に対しては無力じゃが」

「自然治癒が見込めない病気っていうと……」

「代表的なのは虫歯と癌《がん》じゃな」

「その二つが同列に並ぶと違和感あるけど、たしかに虫歯の治療法が確立する前は、歯を抜くしかなかったらしいからな……」

歯を抜いたせいで物が食べられず栄養状態が悪化したり、虫歯の進行が原因でもっと重い病気になる人もいるという。

「虫歯怖いな……お前もちゃんと歯磨きしろよ」

「うむ」

洋平《ようへい》が場内へと入り、惣助はその様子を競馬場の看板が画面内に収まるように撮影しつつ、入場料を払ってサラと一緒に中に入る。

「ほー、競馬場とはこうなっておるのか」

サラは興味深そうにきょろきょろしている。

場内に入った洋平は、まずは売店で競馬新聞を購入した。新聞があれば顔を隠すのにも役立つため、惣助もとりあえず洋平と同じものを購入。

続いて洋平は馬券売り場に行き、真剣な顔で競馬新聞を見ながらマークカードにレースの予想結果や賭《か》け方、賭ける金額などを記し、券売機にマークカードを入れて馬券（正式名称は勝馬投票券）を購入した。

惣助はその様子をスマホに収めつつ、スタンドへと向かう洋平を追う。

洋平は野外観戦席の最前列に座り、惣助とサラは最後列に座って競馬新聞を広げ、洋平や周囲の様子を観察する。

惣助は何度かこの競馬場に来たことがあるのだが、競馬を題材にしたゲーム等の影響もあってか、惣助が最後に訪れたときよりも賑《にぎ》わっており、客層も幅広い。いかにも競馬ガチ勢といった趣の中高年層の男性だけでなく、女性のグループや大学生くらいの若いカップル、親子連れの姿もあるが、サラと同年代の子供は見かけない。

「ほむ……次は第三レースのようじゃな」

競馬新聞の出走表を見ながらサラが言った。

今日開催される全十一回のレースのうち、第一レースと第二レースは既《すで》に終了しており、今から約五分後の十一時五十分から第三レースが始まるらしい。

出走表には各レースに出走する馬および騎手の情報のほか、専門家による予想も書かれている。

「この『サラ系』というのはなんじゃ？　量産型妾《わらわ》？」

各レースには名前が付けられているのだが、「サラ系C18組」とか「サラ系C23組」というような名前が多い。

「お前はいつの間に量産されたんだよ」

惣助《そうすけ》はツッコみ、

「サラ系っていうのはサラブレッド系って意味だ。サラ系の他にアングロアラブ系、略してアラ系って品種があって、昔はサラ系とアラ系でレースが分かれてたんだ。サラ系って表記は当時の名残だな」

「詳しいのう。そなた競馬好きじゃったのかえ？」

「自分じゃ賭《か》けねえけど一応知識はある」

「なるほど。さすが探偵じゃの」

(探偵だからってわけでもないんだが……)

　サラの言葉に、惣助は内心で苦笑する。

「ではこの『妹さえ全巻読んで感動した記念』とか『星奈・小鳩ちゃん結婚おめでとう』というのはなんじゃ?」

　サラ系のレース名に混じって、いくつかそういうメッセージや文章のようなレース名が付けられている。

「それは個人協賛レースってやつだな。地方競馬では主催者に協賛金を払うとレースに好きなタイトルを付けることができるんだ」

「ほーん、面白いことを考えるのう。オフィム帝国滅亡三ヶ月記念とかでもよいのかや?」

「主催者は多分なにも言わんだろうが、むしろお前的にそれはいいのかよ」

　ブラックな冗談を言うサラに、惣助は半眼になった。

　そうこうしているうちに、今回出走する九頭の馬がすべてゲートに入り、扉が開くと同時に各馬一斉にスタートする。

　観戦席から歓声が上がり、皆がレースの行方を見守るなか、惣助は調査対象の一ノ瀬《いちのせ》洋平《ようへい》に意識を向け、こっそりスマホで彼の様子を撮影する。

　その洋平はというと、

「うおおおおお！　いけえええええええ！　いげえええええええええええッ!!」

周囲の客と同様に……どころではなく、他の客より一際熱狂的に叫んでいた。

これまで尾行していたときの寡黙で真面目な印象とはかけ離れた姿に、惣助《そうすけ》が「あれ俺、マルタイ間違えてる？」と一瞬本気で思ってしまうほどであった。隣のサラも洋平《ようへい》を見て呆気にとられている。

二分弱でレースは終わり、大型ビジョンにレース結果が表示される。一番人気だった馬が順当に一位だったようだ。

場内のあちこちから予想が当たった者の歓喜と外れた者の嘆きの声が聞こえてくる。洋平がどちらかというと、先ほどまでの興奮ぶりが嘘のように、元の仏頂面に戻って競馬新聞に目を落としている。

「ほー、なかなかの迫力じゃったの。惣助、妾《わらわ》たちも馬券を買うのじゃ」

「馬鹿お前、仕事中だぞ」

するとサラはちらりと洋平のほうに視線を向け、

「じゃってこれもう、ほぼ仕事完了したようなもんでは？」

「……まあ、そうなんだが」

一ノ瀬《いちのせ》洋平の様子が変わったのは、依頼人が疑っていた不倫ではなく、競馬にハマったからなのだろう。

無趣味で生真面目だった男が、競馬という趣味を得て生き生きするようになった。

とはいえ仕事をサボってギャンブルに行くというのは体裁が悪く、隠さざるを得なかった
……そんなところだろう。

洋平が立ち上がり、再び馬券売り場へと歩いていく。三十分後にある次のレースにも賭《か》ける
ようだ。その様子を横目で観察しながら、

「……まあせっかく来たんだし百円くらい買ってもいいか」

「おお!?」とサラが目を輝かせる。

「どう予想する?」

マークカードを一枚手に取り、惣助はサラに訊《たず》ねる。

「妾が選んでよいのか?」

「ああ。未成年は馬券買えないし譲渡もできないから俺が買うけど、レースの予想自体は禁止
されてないからな」

サラはマークカードをのぞき込み、

「この式別というのはなんじゃ?」

「賭ける方式のことだ。『単勝』は一着になる馬を予想する。『複勝』は三着までに入る馬を予
想する。『枠連』は一着と二着の馬の枠番号を予想する。着順はどっちでもいい」

「枠番号とはなんじゃ?」

「出走する馬を八つのグループに分けたものだ。まあ出走表見ればわかる。……で、『馬連』は一着と二着の馬の馬番号を予想する。馬番号ってのは単純に馬に番号を振ったものだな。これも着順はどっちでもいい。『馬単』は一着と二着の馬を着順通りに予想する。『ワイド』は三着までに入る二頭の組合せを予想する。着順は問わない。『3連複』は三着までの馬の組合せを予想する。着順は問わない。『3連単』は一着から三着までを順番通りに予想する。賭《か》ける方式はこんなところだ」

サラに教えながら、惣助《そうすけ》は昔のことを思い出す。

惣助も子供のころ父親に連れられてこの競馬場に来て、賭け方を教わりながらレースの予想をさせてもらったことがあるのだ。

惣助の説明をサラは一発で覚えたようで、

「ほむ、複勝かワイドあたりが当てやすそうじゃの」

「まあ、そうだな。そのぶん的中しても払戻金のレートは低いが」

「で、一番難しいのは3連単じゃな」

「ああ」

「当てるのが難しい賭け方ほどレートは高くなるんじゃな?」

「そうだ」

「うむ、では妾《わらわ》は3連単を狙うぞよ」

「初心者がいきなり3連単は無謀じゃないか？」

しかしサラは首を振り、

「妾は妾の頭脳とリアルラックを信じるぞよ。なにせ異世界転移して最初に出逢《であ》った人間ガチャＳＳＲを一発で引き当てたほどじゃからな」

『異世界転移して最初に出逢った人間ガチャのＳＳＲ』というのが自分を指していることに惣助が気づくまで、少し時間がかかった。

「は、恥ずかしいこと言うなよ」

少し顔を赤くする惣助に、サラは悪戯《いたずら》っぽく笑い、

「おっ？　もしや照れとるのか？」

「照れてねえし」

ぷいと顔を背ける惣助だった。

たしかに転移後に出逢った人間次第では即警察に通報されることもあり得るし、リヴィアのようにホームレスに身を窶《やつ》すことになる可能性も高いが、だからといって自分のような貧乏探偵がＳＳＲは言い過ぎだろうと思う。

そんな惣助をサラはしばらくニヤニヤして見つめたあと、

「さて、3連単を当てるにはもっと情報が必要じゃ。とりあえず競馬新聞を熟読せねば」

「まあ馬券はレース開始二分前まで買えるし、ゆっくり考えろ。……っと、マルタイが馬券

を買うみたいだな」

マークカードの記入を終えた洋平《ようへい》が券売機で馬券を購入する。彼がスタンドへと戻っていくので、惣助《そうすけ》たちもいったん馬券売り場をあとにするのだった。

１１月２４日　１２時２０分

競馬新聞を熟読し、パドックの馬の様子を双眼鏡でガン見し、ネットで馬と騎手の情報を調べ、サラは馬券購入時間ギリギリまで粘って予想を決めた。

惣助はサラに言われたとおり3連単の馬券を一枚買い、スタンドに戻る。

そして始まる第四レース。

「いけええええええええええ！　いけええええええええええええええええ!!」

マルタイの洋平を筆頭に、声を上げる観客たち。

「ゆくのじゃランティスミサイル！　ホウオウリーダー！　マイケルオーバー！」

双眼鏡でレースを観戦しながら、サラが自分の予想した馬たちに声援を送る。

ランティスミサイルとホウオウリーダーはそれぞれ人気一位と二位で、競馬新聞の予想でもこの二頭が本命扱いされていた。

サラが三着と予想したマイケルオーバーは人気は五位で、選んだ理由は「マイケルは良い目をしておる。普段は冴《さ》えぬが内に闘志を秘めておる目じゃ」とのこと。

この競馬場のパドックはコースの内側にあるため、よく見るには双眼鏡が必須なのだが、惣《そう》助《すけ》は普段から持ち歩いている。人目につく場所で使っていたら怪しまれるので意外と使いどころが難しいアイテムなのだが、思わぬ形で役に立ってしまった。

惣助も自分の手にある馬券と疾走する馬たちの間で何度も視線を行き来させる。賭《か》けたのは百円とはいえ、賭けずに観戦するよりもレースへの思い入れが段違いだ。

トップを走るランティスミサイルが最終コーナーを抜け、そのまま逃げ切って一着でゴール。少し遅れてホウオウリーダーが二着。

「ゆけマイケル！　ゆくのじゃマイケル!!」

熾烈な三着争いをクビ差で制したのは、マイケルオーバーだった。

「っしゃおりゃあああ！」

「よしっ！」

サラがお姫様にあるまじき興奮した叫び声を上げ、惣助も思わず声が出てしまった。

「ふひひ、どうじゃ惣助」

サラが得意げに惣助を見る。

「まさかほんとに3連単的中させるとはな……素直にすげえとしか言いようがねえわ……」

微苦笑を浮かべて惣助は言った。

今回の払戻金は百円につき二千三百五十円。一着と二着が順当な結果だったので3連単にしては低めのレートだが、二十倍は十分にすごい。

「次のレースも妾《わらわ》にまかせるがよい！」

「わかったよ。払戻金は好きに使え」

「うむ！」

サラは元気よく頷《うなず》き、競馬新聞の次のレースの情報を読み始めるのだった。

１１月２４日　１６時２７分

第四レースの払戻金を元手に、サラは順調に勝ち続けた。

最初のような3連単の一点買いではなく幅広い買い方で堅実に資金を増やし続け、そして今日最後のレースでは再び3連単を当てた。

払戻率は約七十倍という、万馬券には届かないもののかなりの高倍率。

サラはこれに二千円賭けていたため、払戻金額は十四万円。

他にもワイドや3連複も当てており、外れた分のマイナスを含めても払戻金の総額は約二十三万円となった。

「かかかっ、妾《わらわ》大勝利〜〜〜〜〜ッ!!」

「百円が……二十三万円に……？」

高笑いするサラに、啞然《あぜん》とする惣助《そうすけ》。

今回の仕事の報酬《ほうしゅう》よりも、こっちのほうがはるかに多い。

実は惣助も自分でこっそり毎レース馬券を買っていたのだが、当たっても複勝ばかりで払戻金額は微妙で、その微妙な払戻金を次のレースの元手にしては負けて失うということを繰り返していた。

「惣助、今日の夕食は飛騨牛《ひだぎゅう》で決まりじゃな！」

その言葉に文句がつけられるはずもなく、

「……俺もご相伴《しょうばん》にあずからせていただいて宜《よろ》しいでしょうか」

「かかっ、もちろんじゃとも」

へりくだる惣助に、サラは鷹揚《おうよう》に頷《うなず》いた。

と、そこで、

「今日は絶好調だったみたいですね」

「ええ、まあ――」

横から誰かに声を掛けられ、惣助は苦笑を浮かべて答えようとし、その顔を見てギョッとする。

　声を掛けてきたのは、なんと調査対象、一ノ瀬洋平《いちのせようへい》だったのだ。

（うげ……ッ!?）

「……？　どうかしましたか？」

　絶句する惣助に、洋平が不思議そうな顔で訊《たず》ねてくる。どうも惣助たちが自分を尾行していたことに気づいて声をかけてきたわけではなさそうだ。

「ああ、いえ。そちらはどうでしたか？」

「今日は全然です。まあ、そんな大した額を賭《か》けたわけでもないんですが」

「そうなんですね。純粋に競馬観戦がお好きなんですか？」

　惣助が訊ねると、洋平は「ええ」と笑って、それからサラに視線を向け、

「私にもお子さんと同じくらいの子供がいるんですが、うちの子が競馬のゲームにハマっていて。子供と話を合わせるために競馬について調べているうちに、自分が現実の競馬にハマってしまいました」

　どうやら洋平が話しかけてきたのは、サラがいたからのようだ。

　後方の席とはいえお互いの歓声が聞こえる距離であれだけはしゃいでいれば、関心を持たれるのも無理はない。

「そうなんですか。じゃあ今度、お子さんも一緒に連れてきたらどうでしょう。きっと楽しん

でくれると思いますよ」

惣助《そうすけ》が言って、サラも洋平《ようへい》に向けて「うむ！」と力強く頷《うなず》いた。

「はは、そうですね。考えてみます。……あっ、それでは私はこれで」

「はい」

惣助が頷き、洋平が会釈をして歩き去っていく。

洋平と十分な距離が開いたところで、大きなため息をつく惣助。

「正体はバレなかったとはいえ、競馬に夢中になってはしゃいだ挙げ句、マルタイに声を掛けられるとか……探偵にあるまじき失態だ……」

「ま、たまにはこういうこともあるぞよ。気を落とすでない惣助」

サラが惣助の背中をポンポン叩《たた》き、何故《なぜ》か上から目線で慰めてきた。

「誰のせいだと思ってるんだ誰の……！」

サラの頭に手を乗せ、髪をわしゃわしゃすると、サラはくすぐったそうに「や、やめんかたわけ」と笑った。そして、

「あの男、妾《わらわ》のことを惣助の子供じゃと思っておったな」

サラは愉快そうに言う。

「まあ、競馬場にアラサーとアラテンが一緒に来てたら、一番可能性が高いのは親子だろうからな」

「ほう、アラテンなんて言葉もあるんじゃの」

「いや、俺がいま作った」

「なんじゃ」

そんなやりとりのあと、

「……じゃ、帰るか」

「うむ」

二人はスタンドをあとにし、的中した馬券を換金して、競馬場の外へと歩き始めた。

沈んでいく夕日に、二人の影が長く伸びる。

「ウッウーウマウマ〜♪　ウッウーウマウマ〜♪」

「うまぴょい伝説とかじゃなくてそっちなのかよ」

機嫌良く口ずさみながら軽やかな足取りで歩くサラに苦笑しつつ、

「なあサラ」

「うみゃ？」


「お前、俺の子供になるか？」

ぽつりと、自然にその言葉は惣助の口からこぼれ落ちた。

サラは一瞬きょとんと不思議そうな顔を浮かべたあと、

「うん」

照れたようにはにかみながら、サラもまた、ごく自然な調子でそう答えたのだった。

姫と父親

11月25日　15時21分

一ノ瀬洋平《いちのせようへい》の調査について報告書を作成し、翌日依頼人に報告したあと。

惣助《そうすけ》とサラは、とある探偵事務所を訪れた。

草薙《くさなぎ》探偵事務所——岐阜県で最大手の探偵事務所である。建物も惣助の事務所のように居住用の賃貸アパートではなく、五階建ての持ちビルだ。

惣助はかつてこの事務所に所属していたのだが、事務所の方針とどうしても反りが合わず、三年ほど前に独立した。

独立後も、草薙事務所で引き受けなかった依頼を紹介してもらったりと世話にはなっているのだが、惣助が自ら連絡してこの事務所を訪れるのは、独立以来初めてのことだった。

「久しぶりだな、惣助」

所長室に入った惣助とサラを、一人の男が出迎えた。

草薙探偵事務所所長、草薙勲《いさお》、五十四歳。オーダーメイドのスーツを纏《まと》った、ダンディな印象の男である。

「……ご無沙汰《ぶさた》しております、所長」

惣助《そうすけ》の言葉に、草薙《くさなぎ》は僅《わず》かに苦笑いを浮かべたあと、

「ここに戻って来たということは、反抗期はもう終わったのか？」

「べつに戻って来たわけじゃねえよ」

「ええー、残念」

渋い声でおどけた調子で言って、草薙は続いてサラに視線を向けた。

「その子が例の、惣助が預かっているという少女か？」

「ああ」

惣助が頷《うなず》くと、草薙は怪訝《けげん》そうに、

「閨《ねや》君の話では、金髪の少女ということだったが……」

サラの姿は昨日から黒髪黒目のままだ。

「目立つから今は染めてもらってる」

「そうか」

草薙はそれ以上追及はせず、

「なかなか大変な境遇のようだな。たしか、ホームステイ先の予定だった惣助の古くからの知人の家が全焼してしまった……だったか？」

どこかからかうように言う草薙に、

「話ってのはこのサラのことだ」

「うむ。まあとりあえず座ろうか」

草薙に促され、惣助とサラは所長室のソファに並んで座る。

「おおっ、ふかふかじゃの！　うちのソファとは大違いじゃ！」

鏑矢《かぶらや》探偵事務所の安物ソファとはまったく違う高級ソファの感触に、サラが歓声を上げる。

「ははは、そうだろう」

対面のソファに座った草薙が機嫌よさそうに笑い、

「で、話というのは何かな？」

草薙に問われ、惣助は緊張を押し殺しながら、努めて淡々とした声音で、

「所長もお察しのとおり、ステイ先の家が全焼したから俺が預かってるってのは嘘だ」

「だろうな。お前の古くからの知人の家が全焼したら、俺の耳に入ってこないはずがない」

疑われても簡単に裏を取られないように凝《こ》った設定を作ったのだが、惣助を古くから知る草薙に対しては完全に裏目に出た。

「で、真相は？」

「サラは俺の子供――つまりあんたの孫でもある」

「ブッ」

惣助の言葉に、草薙は噴き出した。

草薙勲《くさなぎいさお》は、鏑矢惣助《かぶらやそうすけ》——本名草薙惣助の実の父親である。

惣助が独立したとき、大手の同業者と名前が同じでは色々面倒なのと、父親から決別する覚悟を示すため、母親の旧姓である「鏑矢」を名乗るようになったのだが、戸籍上の姓は草薙のままだ。なお父と母は惣助が子供の頃に離婚している。

「え、惣助の娘？　え、俺の孫？　え？　え？」

「ああ」

珍しく狼狽する草薙の姿に軽い満足感を覚えつつ、惣助は頷《うなず》く。

「はじめまして、おじいちゃん！」

サラが草薙に笑顔で言った。

「あ、ああ、ご挨拶《あいさつ》どうも……」

困惑顔で草薙がサラに答える。惣助は草薙に、事情を説明する。

「この子の名前はサラ。俺が高校生のとき、ある年上の女性と一夜の過ちを犯してしまったときにできた子供だ。彼女はそのことを俺に伝えることなく姿を消してしまったんだが、一ヶ月くらい前に急に俺のところにやってきて、サラを預けて再び消えてしまった。どうやら重い病気を患っていたようで、身寄りもなくサラを託せるのは俺だけだったらしい。ＤＮＡ鑑定をしたところ間違いなく俺の子供だったから、一緒に暮らしている。しかしサラの母親は、父親が未成年者であることを知られないように、これまで出生届を出してなかったんだ。だから戸籍もないし学校にも通えてない。サラを俺の子供として戸籍に入れるためには、出生証明書が必要だ。そのために所長の力を貸してほしい」

「おねがい、おじいちゃん」

惣助がサラと一緒に考えたストーリーを話したあと、サラが可愛《かわい》くおねだりした。

草薙は真顔でしばらく惣助とサラを見つめ、

「……そういうことをやってくれる助産師は紹介できる。最近病死した天涯孤独の女性も捜してやろう。なんなら、ＤＮＡ鑑定書をうっかり書き間違えてしまうような人間も紹介してやろうか？」

物助の話を創作だと見抜き、惣助が自分に何を求めているかを完璧に理解しながら、草薙はそう言った。

「……お願いします」

嘘であると見抜かれるのは想定通りだったので、惣助は動揺もなく真剣に頭を下げる。草薙はそんな息子に、どこかからかうような口調で、

「だが惣助。わかっていると思うがこれは正真正銘の犯罪だ。お前の目指す正義の名探偵は、自分が罪を犯すことを許すのか？」

かつて惣助は、草薙に面と向かって「俺は、俺の思い描く理想の探偵になってやる！」と啖《たん》呵《か》を切って事務所を辞めた。

草薙《くさなぎ》の言葉は惣助《そうすけ》の胸に深々と突き刺さった。

たしかに一度でも自ら犯罪に手を染めておいて、この先も正義の名探偵を目指すなどと宣《のたま》う資格はないのだろう。

しかしそれでも、

「……それでも、お願いします」

さらに深く頭を下げる惣助に、草薙は小さく笑って、

「実はその子のことは、閨《ねや》君に話を聞いてすぐに調べさせた」

「え……」

「息子のところに明らかにプロフィールを偽《いつわ》っている少女が住むようになったんだ。気になるのは当然だろう。だが、うちの調査力をもってしても素性《すじょう》は何一つわからなかった。十月四日の夜——ちょうど市内の公園で爆発騒ぎがあった日に、その現場近くから惣助と一緒にタクシーに乗ったことまでは辿《たど》れたが、それ以前の足取りはまったく摑《つか》めなかった。彼女と思《おぼ》しき子供の捜索願も出されておらず、まるでどこからともなく突然この街に現れたかのようだ」

（マジかよ……）

サラが転移してきてからの足取りをほぼ完璧に辿られていたことに、惣助は戦慄《せんりつ》する。

草薙は惣助とサラに鋭い視線を向け、

「サラちゃん。君は何者かね。そして惣助はなぜそこまでこの子に肩入れする」

問われたサラは、

「妾《わらわ》はわけあって別の世界から転移してきた異世界人じゃ」

「お、おい!?」

平然と真実を口にしたサラに、惣助は焦《あせ》る。

サラは続けて、

「惣助が妾を助けてくれるのは、単に惣助が底抜けのお人好《ひとよ》しだからじゃな。それは父親であるそなたもよく知っておろう？」

それを聞いた草薙はサラを険しい顔でじっと見つめ、やがて「ふっ」と噴き出した。

「異世界人ときたか。道理で正体が摑めんわけだ」

「え、まさか信じるのか？」

戸惑う惣助に草薙は笑って、

「実はお前のパパ、岐阜県一の探偵でな。嘘を見抜くのは得意なんだ。今のが嘘だとしたら、よほどの天才子役か、自分を異世界人だと思い込んでいる可哀想《かわいそう》な子のどちらかだろう」

草薙が本気でサラの言葉を信じたのかどうか、惣助には読み取れなかった。

「パパとか言うな気持ち悪い」

とりあえず半眼でツッコみ、

「……それで、なんとかしてもらえるのか？」

「反抗期の息子に頭を下げてお願いされたら、断るわけにはいかんだろう。ただし一つ条件がある」

「……金か？」

草薙《くさなぎ》事務所は、儲《もう》かるのであれば汚い仕事でも請け負う。もちろんそういった危ない橋を渡る仕事は報酬《ほうしゅう》も高額で、草薙が岐阜県一の探偵事務所を築けたのはそのためだ。

しかし草薙は「違う」とかぶりを振り、

「今後俺のことは所長ではなく『お父さん』と呼びなさい」

「ええ……」

心の底から嫌な顔をする惣助《そうすけ》。

今回の件では間違いなく一番頼りになる人間なので仕方なく草薙を頼ることにしたのだが、この男のことは人間としても父親としても探偵としてもまったく尊敬できない。

昔は凄腕《すごうで》の探偵として活躍する父を尊敬し、母と離婚したのも酒と女とギャンブルが好きなのも「探偵に必要なことなんだ」という父の言葉を鵜呑《うの》みにし、自分も探偵になって父の事務所に入社したのだが、これまで尊敬していたぶん、草薙探偵事務所の実態を知ったときの惣助の失望は激しかった。

かつてはプライベートでは草薙のことを「お父さん」と呼んでいたのだが、入社して間もなく、惣助が草薙を父と呼ぶことは一切なくなった。

「ほら、言ってみろ惣助、『お願いします、お父さん』と」

「ぐ、ぐぐ……」

惣助は頬を引きつらせ歯を嚙《か》みしめ、

「……お願いします。…………お……お、お父、さん……」

「よしっ、お父さんに任せておけガハハ！」

絞り出すように言った惣助に、草薙は上機嫌で高笑いをする。

そんな草薙にサラが、

「うむ、よろしく頼むぞよ、おじいちゃん」

「……君は君で、ちょっとメンタル強すぎない？」

笑うのをやめ複雑な表情を浮かべる父親に、惣助は内心で同意した。

１１月２５日　１５時５４分

草薙探偵事務所を出て、惣助とサラは車で帰宅する。

「話のわかるいいパパ上じゃったな。そなた愛されておるのう」

サラの言葉に、惣助は顔をしかめる。

「だから余計に嫌なんだよ」

「どういうことじゃ？」

「……あの人が俺を大事に思ってくれてるのは多分間違いないんだろう。そんな気持ちがあるのに、なんで平然と他人の家族や恋人を引き裂くような真似《まね》ができるのか、俺にはまったく理解できない」

「なるほどのー。そなたも色々あるんじゃな」

訳知り顔をするサラに、惣助《そうすけ》は「お前ほどじゃないけどな」と苦笑するのだった。

11月25日　16時1分

惣助とサラが事務所を去ってから間もなく、入れ違うように閨春花《ねやはるか》が所長室にやってきた。

「愛崎《あいさき》先生への報告終わりました。本件で追加の調査依頼は恐らくないそうです」

「そうか。ご苦労だった」

閨からの報告を聞いた草薙《くさなぎ》は、微かな笑みを浮かべながらそう言った。

「……所長、なんだか嬉《うれ》しそうですね？」

閨が目ざとく指摘すると、

「ああ。さっき惣助がここに来たんだ」

「えっ⁉　先輩がここに⁉」

目を丸くする閨。

「なんの用件だったんですか？」

惣助が自分から草薙探偵事務所に来るなんて、よほどのことに違いなかった。

「俺に孫ができることになった」

「…………？」

草薙の言葉の意味を、閨は上手《うま》く理解することができなかった。

「えっと、どういう意味ですか？」

「惣助が預かっているという子供がいただろう」

「ああ、はい、サラちゃんですね」

「あの子が惣助の娘になる。つまり俺の孫というわけだな」

「えっと……え、惣助先輩がサラちゃんを養子に迎えるってことですか？」

なおも困惑しながら閨が訊《たず》ねる。

ちなみに草薙勲《いさお》と惣助が親子であることは、閨を含めこの事務所の全員が知っている。

「養子ではなく実子だな」

「はあ？」

「あの子は実は惣助《そうすけ》が高校生のとき、ある女性と一夜の過ち（略）。……というわけで、今度惣助の実子として出生届を出すというわけだ」

草薙《くさなぎ》が閨《ねや》にサラの生い立ちを話す。しかしどう考えてもおかしな話で、到底納得できるものではなかった。

「えっと……所長はその話を信じてるんですか？」

「当然だろう」

「サラちゃん金髪ですけど」

「ここに来たときは黒髪で目も黒かったぞ。金髪だったのは染めていたのだろう」

「本気で言ってます？」

「ああ。俺の孫だけあって少し別れた妻の面影がある気がしたな」

真顔でそんなことを宣《のたま》う草薙を、閨は半眼で見つめる。

草薙は閨の冷たい視線に一切動じることなく豪快に笑う。

「ガハハ、今日はいい日だ。反抗期の息子が孫を紹介しに来てくれたんだからな。こんな嬉《うれ》しいことはない！」

草薙が本当にサラが惣助の子供だと思っているのかどうかは閨の観察眼をもってしても読み取れないが、惣助がサラの父親になることを承知しているのは間違いないようだ。

（こ、この親馬鹿、いえ馬鹿親……！　タヌキ親父……！　サラちゃんが惣助先輩の娘になるってことは、先輩と結婚したら自動的にサラちゃんのお母さんになることに……？　ええ～!?　ど、どうしたらいいの～～～～!?）

いきなり訪れた衝撃の事態に、さすがのハニートラップの達人も混乱し、ただただ立ち尽くすしかなかった――。

CHARACTERS

SALAD BOWL
OF
ECCENTRICS

NAME
いさお

ジョブ:探偵、実業家
アライメント:悪/混沌

STATUS

体力:	67
筋力:	64
知力:	87
精神力:	81
魔力:	0
敏捷性:	62
器用さ:	77
魅力:	74
運:	65
コミュ力:	83

姫と友達

11月27日　13時11分

土曜日の昼下がり、サラが一人で友達の永縄友奈《ながなわゆな》の家に来ていた。

友奈は母親との二人暮らしで、母親は現在パートに出ているため、部屋には友奈とサラしかいない。

「ではさっそく宴を始めるぞよ！」

「う、うん」

元気よく言うサラに、友奈は微妙に強ばった表情で頷《うなず》いた。

永縄友奈、十三歳。サラとは同い年だが、身体の発育はサラより少し進んでいる。

「友奈、緊張しておるのか？」

「……アタシ、こういうの初めてだから」

サラの問いに、友奈は頬を赤らめる。

「安心せよ、妾《わらわ》も初めてじゃ！　気軽に楽しもうぞ」

「そんなこと言われたって……」

今日はお菓子を食べながら、リビングで一緒に三国志の映画を観るのだ。

テーブルの上には友奈《ゆな》が用意した駄菓子の数々（約三百円相当）と、サラが持ってきたブルボンのお菓子がいろいろと置かれている。

友奈の家は狭いため友達を呼んだことすらほとんどなく、ましてや三国志に興味がある友達などサラが初めてなので、友奈はとても緊張していた。

しかも今回観る映画のＤＶＤは、他界した友奈の父親のコレクションの一つで、友奈のお気に入りの作品でもある。もしサラに楽しんでもらえなかったらどうしようと昨日からずっと不安だった。

「大丈夫じゃ。妾《わらわ》は空気が読める。たとえそなたオススメの映画がクソじゃったとしても、決して口には出さぬと約束しよう」

「その発言が既《すで》に空気読めてないんだけど!?」

友奈はツッコみ、小さく噴き出し、

「まいっか。とりあえず始めよ。クソって言ったらマジで殴るけど」

「ヒャーこわやこわや」とサラも戯《おど》けた顔で言う。

友奈はリモコンを操作し、ＤＶＤの再生を始めるのだった。

11月27日　15時35分

「は〜、面白かった！」

「でしょ」

本編が終わり、映画のスタッフロールを眺めながら言ったサラに、友奈は得意げに笑った。

それからしばらくお菓子を食べながら映画の感想を語り合ったのち、サラがふと思い出したように、

「そういえば友奈よ。妾、学校に通うことになるやもしれん」

「え、アンタもう飛び級で海外の高校卒業してるんじゃないの？」

「せっかく日本におるんじゃし、こっちの学校に通うのもよいかと思っての。まだ具体的な話は全然進んでおらんのじゃが」

「そうなんだ……。サラの家から通うとなると、沢良《さわら》中学？」

沢良中学はこのあたりの中学生が通う公立中学校だ。

友奈の家と鏑矢《かぶらや》探偵事務所は徒歩で十五分ほどの距離なので、恐らく学区は同じだろう。

「そうなるじゃろうな」

サラが頷《うなず》く。

「ふーん……」

友奈《ゆな》は少し考え、

「サラが沢良《さわら》行くなら、アタシもそっち行こっかな……」

友奈の言葉を聞いたサラは、友奈をまじまじと見て、

「妾《わらわ》のために転校？　さすがに愛が重いんじゃやけど」

「あ、愛じゃないし！」

友奈は顔を真っ赤にしてツッコみ、少し声のトーンを落とす。

「もともと、転校したほうがいいかもとは思ってたのよ」

「イジメは解決したんではなかったのかや？」

サラが訝《いぶか》しげな顔をする。

「イジメ自体はなくなったけど、あれからアタシ学校で浮いてんのよ。助けてくれた人を訴えて賠償金ぶんどった恩知らずだって。……そもそも訴えてないし、お金だって探偵と弁護士費用くらいしか受け取ってないのに」

友奈をいじめていた主犯格の生徒は、友奈の父親が急死して困っていたところに手を差し伸べてくれた恩人の娘であった。親のほうは娘と違って本当に善人だったようで、弁護士から家に内容証明郵便が届くやいなや即座に娘を連れて謝罪に訪れ、二度とこんなことが起きないよう約束し、慰謝料も言い値で払うとまで言ってきた。

結果、親同士の関係は良好なままだが、弁護士を頼ったという話がどこからか漏《も》れたらし

く、噂が大げさに伝わり、友奈は学校で腫れ物のような扱いをされている。

「なかなか難しいんじゃな、イジメ問題というのは」

「うん……」

友奈は力なく笑い、

「だからいっそ転校するのもアリかなって思ってたの。公立ならお母さんの負担も減るし。知り合い誰もいないけど、サラも行くなら大丈夫かな」

「小学校のときの知り合いはおらんのかや？」

「お父さんが死んでここに引っ越したとき学区変わっちゃったから」

「ではお互い、学校で友人は一人だけというわけじゃな」

「うん。ま、アンタは陽キャだから、学校行くようになったらすぐに新しい友達できちゃうんだろうけどさ」

少し拗《す》ねたように言う友奈に、サラは、

「なにを言う。妾も祖国では親しい友人は一人もおらんかったぞよ」

「そっか、アンタ飛び級してたんだもんね」

「友奈は妾の初めての友達じゃ。学校に行ってもそれは変わらぬ」

笑顔で断言するサラに、友奈はホッと息をつく。

「そっか。よかった。それじゃ、サラと一緒に学校行ける日を楽しみにしてる」

「妾《わらわ》もじゃ！」

二人は笑い合い、

「そろそろ次の映画観よっか」

「うむ！」

楽しい時間はこうして過ぎていった。

バンドマン女騎士

１２月２日　１３時２２分

　リヴィアがエレキギターの練習を始めて二週間が過ぎた。

「……どうでしょうか」

「パねぇ！　リヴィアちゃんマジパねぇっす！」

　明日美《あすみ》と一緒に彼女がバイトしているカラオケボックスに入り、リヴィアが『うっせぇわ』を完璧に演奏してみせると、明日美は驚愕《きょうがく》の声を上げた。

「ホントに初心者だったんすか⁉　ギター始めて二週間でこんな上手《うま》くなった人、見たことないっす！　てゆうかもう自分より上手くなってるんじゃないっすか⁉」

「望愛《のあ》殿にギター教室の先生と元バンドマンのかたを紹介してもらいましたので」

　この二週間、リヴィアはワールズブランチヒルクランの施設でずっとギターの練習をしていた。クランのメンバーにギター教室の先生とメジャーデビュー直前まで行ったバンドのギタリストがいたため、朝から晩までつきっきりで指導してもらった結果、リヴィアの腕前はみるみるうちに上達していった。

もともと耳が良くリズム感もあり自分の身体をイメージ通りに動かすことに秀でたリヴィアは、武術だけでなく楽器の演奏にも高い適性を持つ。前の世界で嗜《たしな》んでいた琵琶《びわ》もかなりの腕前だったが、その演奏技術もギターに応用がきいた。

「にしたって上達速度半端ねえっすよ。どんくらい練習したんすか？」

「ええと……一日十五時間くらいでしょうか」

「一日十五時間!?」

明日美《あすみ》が目を丸くする。

「ってゆうか、指大丈夫っすか？　自分がギター始めたばっかのときは、指から血が出て練習どころじゃなかったんすけど」

「某《それがし》は頑丈にできておりますので」

多少の痛みは平気だし、皮が剝《む》けたり血が出ても魔術ですぐに治せるため、初日からフルスロットルで練習することが可能だった。

体力も無尽蔵なため先生のほうが先に力尽きてしまい、最初はギター教室の先生一人だったのが急遽《きゅうきょ》元バンドマンも練習に参加することになり、二人態勢で交代しながらリヴィアを教えた。

「そんなに頑張ってもらっておいて申し訳ないんすけど……」

明日美がばつの悪そうな顔を浮かべた。

「どうかしたのですか？」

「曲がまだ一曲もできてないんすよ。他のメンバーも見つかんないし……。せっかくリヴィアちゃんがギター弾けるようになったってのに、申し訳ないっす」

「某《それがし》は別に問題ありませんが……そんなに難航しておられるのですか？」

「そっすね、イチから作曲の勉強してるんで……。こんなことなら先輩にもっと教わっておくべきだったっす」

「ふむ……」

そこでリヴィアはふと、望愛《のあ》も音楽が作れるということを思い出した。

「では望愛殿に相談してみるのはどうでしょうか。作曲もできる人なので」

「マジっすか!?　ぜひ会いたいっす！」

「わかりました」

リヴィアはさっそく望愛に連絡し、明日美《あすみ》を部屋に呼んでもいいか訊《たず》ねる。

望愛から「リヴィア様のご友人でしたらもちろん歓迎いたします」という返事が来たので、リヴィアと明日美はとりあえずカラオケを一時間楽しんだあと、望愛のマンションへと向かうのだった。

12月2日　14時58分

「ここがリヴィアちゃんがヒモやってる人の家っすか……。すげえマンションっすね」

明日美が望愛の住むマンションを見上げて言った。

「ヒモではなく商品開発アドバいえヒモです……」

リヴィアは明日美の言葉を一瞬否定しようとしたものの、働きもせずギターの練習場所や先生まで用意してもらった今の自分には、否定できる要素が何一つなかった。

とりあえず合鍵でマンションに入り、望愛の部屋まで明日美を案内する。

「ただいま帰りました」

「お邪魔《じゃま》しまっす」

部屋に入ったリヴィアと明日美を、リビングで望愛が出迎える。

「ようこそいらっしゃいました。あなたがリヴィア様のご友人ですね」

「弓指《ゆみさし》明日美っす。明日美って呼んでほしいっす」

「皆神《みなかみ》望愛と申します。望愛とお呼びください」

明日美と望愛が挨拶《あいさつ》を交わす。

「すっげーいい部屋っすね。望愛さんはなにやってる人なんすか?」

明日美の問いに、望愛は、

「救世主リヴィア様のご威光を世に広めるために活動しております」

「リヴィアちゃん救世主だったんすか⁉」

「そうです」「違います」

望愛《のあ》とリヴィアは同時に答えた。

「でもマジで、リヴィアちゃんは自分にとって救世主みたいなもんっすよ！」

明日美《あすみ》の言葉に望愛が微笑《ほほえ》む。

「まあ、明日美さんもリヴィア様に救われたのですね」

「うぃっす！」

「そ、そんなことより望愛殿！　実はご相談したいことがあるのですが」

明日美と望愛の会話に強引に割って入るリヴィア。

「なんなりと仰《おつしや》ってください、リヴィア様」

「明日美殿に曲作りの助言をいただきたいのです」

「お願いするっす！」

「わたくしでお力になれるのでしたら……」

リヴィアと明日美の言葉に、望愛は頷《うなず》き、

「ではまず、明日美さんの作った曲を聴かせていただけますか？」

「まだ一曲も完成してなくて、途中までのやつしかないいんすけど……」

「それでかまいません」

「わかったっす」

明日美がスマホを取り出し、曲を流し始める。

ハイテンポなロックナンバーで、以前聴いた明日美のバンドの曲と同じく、リヴィアにはあまりピンと来なかった。

二分弱ほどで曲はぷっつりと途切れ、「ここまでっす」と明日美が言った。

「どっすか？　望愛さん」

「……困りましたね」

明日美に問われ、望愛は歯切れの悪い反応を返した。

「遠慮なく指摘してほしいっす！」

「指摘と言われましても……なんというか、根本的に駄目としか……」

本当に遠慮なく望愛はバッサリ斬った。

「……正直、『一応ロックっぽい曲にはなっている』ということくらいしか評価できる点がありません。印象に残る部分が一つもなく、ただただ喧《やかま》しいだけの退屈な曲だと思います」

「の、望愛殿！　そのくらいに……」

作曲した本人を目の前にして辛辣《しんらつ》な評価を述べる望愛に、リヴィアが焦《あせ》る。

しかしボロクソに言われた明日美はというと、

「やっぱそうっすよね……」

神妙な顔で望愛《のあ》の言葉を受け止めていた。

「一応、他の曲も聴いてもらっていいっすか？　全部作りかけなんすけど」

「わかりました」

望愛が頷《うなず》き、明日美《あすみ》はスマホで他の曲を流し始める。

一分から二分程度の曲が五曲。曲のテンポはそれぞれ違っていたが、いずれも不思議と似たような印象で、素人のリヴィアにも退屈な曲のように思えた。

「……明日美さんはプロを目指しているのでしたね？」

「うっす」

望愛の問いに、明日美は即答した。

「正直に申し上げて、現状の明日美さんの作曲能力ではプロになれる日は果てしなく遠いかと思われます。曲作りは他のかたに任せたほうが宜《よろ》しいかと」

「そっすよねー……」

明日美自身もそう思っていたようで、彼女は望愛の言葉を力なく肯定した。

と、そこでふとリヴィアは思いつく。

「いっそ望愛殿に曲を作っていただくのはどうでしょうか？」

「え？」

望愛がきょとんとした顔をする。

「なるほど！　それアリかもしれないっすね！」

明日美が言い、

「ちなみに望愛さんってどんな曲作ってるんすか？」

「主にマインドコントロール用のサブリミナル音源を制作しております」

「は？」

「いえなんでもありません。……そうですね、映像作品のＢＧＭがメインですが、暇潰《ひまつぶ》しにボカロをいじったりもしています」

「ってことは、歌モノも作れるんすね！　聴かせてほしいっす！」

「わたくしの曲など、とても人様にお聴かせできるものでは……」

「望愛殿、某《それがし》からもお願いします」

謙遜《けんそん》する望愛にリヴィアが頼むと、

「わかりました。ではこちらにいらしてください」

望愛が作業部屋へと明日美を案内する。

室内にはリヴィアが初めてここに来たときより物が増えており、机の上には３Ｄプリンターで出力されたリヴィアフィギュアの試作品が何体も転がっている。色はついていないが非常にリアルな造形で、リヴィアからすれば十分な完成度に思えるのだが、望愛はまだ納得がいっていないらしい。

「うわっ⁉　すげっ！　パねぇっ！」

部屋中に並んだ機械の数々に明日美《あすみ》が驚愕《きょうがく》の色を浮かべる。

そんな明日美を尻目に、望愛《のあ》はなにやらパソコンを操作し、

「とりあえずはこの曲でしょうか……」

望愛が音楽ファイルを再生する。

流れ出したのはポップな印象のボカロ曲。どこか荘厳さがあったクラン紹介ビデオのＢＧＭとは毛色の違う、ひたすらキャッチーな楽曲で、歌詞も甘酸っぱい恋心を描いた普遍性の高いものだった。

「望愛殿はこういう曲も作られるのですね」

素直に感心するリヴィアに、「お恥ずかしいです」と顔を赤らめる望愛。

「ふーん……まあ聴きやすいっちゃ聴きやすいっすね」

明日美の評価はいまいち芳《かんば》しくないようだった。彼女の言葉に望愛の顔が少し引きつる。

「明日美さんは、わかりやすさに特化した曲は評価できないタイプでしょうか？」

「うーん、べつにそういうわけじゃないんすけど。せっかく音楽やるならオリジナリティーを出したいって思わないっすか？」

「ふふ、音楽をかじった人が陥りがちな視野狭窄《しやきょうさく》ですね。入り口は広くカジュアルに、徐々

に深みに嵌《は》めてやがて抜け出せなくする……熱心な信者を獲得する手法は音楽も新興宗教も同じですよ」

「なるほど……一理あるかもっす」

望愛の危険な発言に対して神妙な顔で頷《うなず》く明日美に、望愛は微笑《ほほえ》み、

「人の意見を素直に聞けるかたは伸びますよ。……もちろんわたくしも、玄人《くろうと》志向のかたのために、万人受けは望めませんが刺さる人には刺さる系の曲も用意してあります」

続いて望愛が流し始めたのは、怪しげな雰囲気のあるミドルテンポの曲だった。ボーカロイドの機械的な歌声がかえって不気味さをかき立てる。

「おお〜、なんかゾワゾワするっすね……」

「激しめの曲もありますよ」

そう言って望愛が次の曲を再生する。明日美の前のバンドの曲を思わせる激しい曲調だが、こちらのほうがはるかに洗練されている。

「かっけえ！　これマジかっけえっす！」

どうやら好みストライクだったらしく、明日美は興奮した声を上げた。

「ふふ……」

機嫌よさそうに笑う望愛に、明日美は、

「望愛さん！　自分に曲を作って――いや、自分たちと一緒にバンドやってほしいっす！」

「ええ!?」

望愛《のあ》が戸惑いの声を上げる。

「それはいい考えですね。望愛殿がいれば心強い」

賛同するリヴィアに望愛は顔を赤らめ、

「わ、わたくしがリヴィア様と……? そんな恐れ多い! ……ですがバンドを組むとなればフィギュアの開発が終わったあともリヴィア様と堂々とご一緒できる……それどころか一日中一緒に練習したり……うぇへ」

なにやらブツブツ呟《つぶや》いたあと気持ち悪い笑みを漏《も》らす望愛。

「望愛殿……?」

リヴィアが訝《いぶか》しげな視線を向けると望愛はハッと真顔に戻り、

「……リヴィア様が望まれるのでしたら、喜んでメンバーとなりましょう」

「マジっすか! よっしゃー!」

望愛の返事に明日美《あすみ》が歓声を上げる。

かくしてここに。

やがて伝説となるかもしれないガールズロックバンド『救世グラスホッパー』が結成されたのだった。

「リヴィアちゃん、望愛さん! メジャーデビュー目指してみんなで頑張るっすよ!」

「はいっ！」

明日美の言葉にリヴィアは気合の入った返事をし――

（……あれ？　某《それがし》の目的ってバンドでメジャーデビューすることでしたっけ？）

自分の異世界生活がどんどんおかしな方向に流れていることに気づくのは、それから数秒後のことだった。

姫と年齢

12月4日　20時17分

「サラ、お前の生年月日っていつなのかわかるか？」

鏑矢《かぶらや》探偵事務所にて、惣助《そうすけ》はサラに訊《たず》ねた。

草薙《くさなぎ》から出生証明書調達の目途がついたと連絡があったので、サラの生年月日を伝える必要があるのだ。

「帝国暦四百二十七年の五月十四日じゃ」

「……それ、西暦だといつになるんだ？」

サラの住んでいた平行世界とこちらの世界で時間のズレがないなら、西暦での生年月日を算出することは可能なはずだ。

「うむ、ちょっと計算するゆえ待っておれ」

サラがあっさりと答え、スマホで何やら調べ始める。

「……えーと、信長《のぶなが》様が誕生したのが西暦千五百三十四年じゃから、帝国暦一年は……ほむ……………これをこっちの暦に換算して……」

なにやらブツブツ呟《つぶや》きながらスマホを操作し、やがてサラは「わかったぞよ」と惣助に西暦換算した自分の生年月日を告げた。

惣助は先方に送る資料にその生年月日を記述する。

「──年、七月六日生まれ…………あれ？」

おかしな点に気づき、惣助は目を細める。

「お前、年齢は十三歳だったよな」

「うむ」

「だったら一年間違ってないか？　お前が言った生年月日だと、今のお前は十二歳ってことになるんだが」

「ふむ……？」

惣助の指摘にサラは小首を傾《かし》げ、「あっ」と何かに気づいたように声を上げた。

「やっぱ間違ってたのか？」

確認する惣助にサラは首を振り、

「いや、生年月日はそれで間違いないぞよ。こっちの世界とあっちの世界では年齢の数え方が違うのじゃ」

「数え方が違う？」

「あっちの世界じゃと、生まれたときを一歳とし、元日を迎えるたびに皆一律で年齢を増やしていくのじゃ」

「ああ、なるほど……数え年ってやつか」

サラの説明に納得する惣助《そうすけ》。

こっちの日本でも、明治時代に年齢計算を満年齢で行うよう定められて以降も、世間では数え年が使われ続け、満年齢で年齢を表すのが一般化したのは第二次世界大戦後だ。

「ちなみにリヴィアの誕生日はこっちの暦では十二月十六日じゃから、数え年では二十歳じゃが満年齢じゃと十八歳ということになるぞよ」

「……あいつ普通に酒飲んでなかったか？」

「リヴィアは既《すで》に元服しておるからのう」

「元服って成人の儀式みたいなもんだっけか」

学校の授業や時代劇で聞いたことはあるが、日常生活では使わない言葉だ。

「うむ。元服を機に社会では幼年から丁年として扱われることになる。昔は元服する年齢は決まっておらんかったようじゃが、あっちでは三代目皇帝の時代に、元服は男女とも一律で数え年十五歳と定められた」

「なんか特別な儀式とかやるのか？　成人式みたいな」

「庶民は地域ごとに元服式をやるぞよ。皇族や貴族の場合はそれぞれの家で大仰な儀式をやったりするるのう」

「へー。あっちでは成人になるとどうなるんだ？　酒以外だと」

　異世界の制度に少し興味を引かれ訊《たず》ねると、

「丁年に与えられる権利と義務は身分によっていろいろ違うんじゃが、全帝国民に共通なのは結婚ができるようになるということじゃな」

「なるほど。数え年で十五歳ってことは、こっちだと十三か十四だよな……。まあ、こっちでも昔はそれくらいで結婚する人も珍しくなかったみたいだが」

「こっちの世界も昔は親同士が子供の結婚を決めておったらしいのう」

「そうだな」

「あっちの貴族社会は今でもそれがデフォで、妾《わらわ》にも会ったこともない許嫁がおったんじゃ。国が滅んでおらねば元服後すぐに結婚させられておったじゃろうな」

「た、大変だったんだなそっちは……」

　自分の娘になる予定の少女と結婚について話していることに妙な気まずさを覚えた惣助は、話題を変える。

「よし、平行世界の文化の話はこのへんにしておこう。それより、お前の年齢が満十二歳ってことで一つ想定外なことが起こった」

「ほむ？」

　小首を傾《かし》げるサラに、

「お前の通うことになる学校が、中学校じゃなくて小学校になる」

「…………」

サラはしばらく無言で固まり、

「ありゃま」

目を大きく開いて間の抜けた声を上げたのだった。

12月13日　7時35分

計画実行の直前になってサラの年齢が間違っていたことが発覚するというアクシデントが発生したものの、戸籍の取得自体はすんなりと進んだ。

サラと一緒に役所の職員と面談もしたのだが、これまで出生届が出されなかった事情に矛盾はなく、出産証明書もＤＮＡ鑑定結果報告書もあり、サラの母親ということになっている女性――一ヶ月ほど前に他界した天涯孤独の女性だ――が実在することも確認され、黒髪黒目のサラが日本語ペラペラなので日本で生まれ育ったことを疑われることもなく――これについては完全に嘘というわけではないのだが――、出生届はどうにか無事に受理された。

こうしてオフィム帝国第七皇女サラ・ダ・オディンは、日本人、草薙惣助《くさなぎそうすけ》の娘、『草薙沙羅』

という新たな戸籍を手に入れたのだった。

その後、岐阜市教育委員会の学齢簿にも登録され、小学校への編入手続きも問題なく終わった。

複雑な事情を持つ子供は学習が同学年の子供より遅れているケースがあるので手続き前に学力テストが行われたのだが、サラはこちらの世界の歴史を既《すで》に図書館やネットで調べて把握しており、あちらの世界では習っていないような理科や算数の知識も教科書を軽く読んだだけでマスターし、学力的にはまったく問題ないどころか極めて優秀と判断された。

そして今日。

ついにサラの初登校の日がやってきた。

校長や担任に挨拶《あいさつ》するため、今日は惣助も一緒に学校へ行く。通学路に慣れるため、車ではなく徒歩だ。

サラの髪と目は元の金色に戻っている。

学校には母親が外国人だと説明しており戸籍と食い違うのだが、学校がわざわざ戸籍を調べたりはしないし、そもそも髪の色についての校則が存在しないので問題はない。

「……では行くぞよ」

事務所を出て、少し緊張した面持ちでサラが言い、

「ああ」

「うむ。行こうか」

返事は二つだった。一つは惣助《そうすけ》、もう一つは、

「……なんであんたもついてくるんだ」

歩きながら惣助はもう一人の人物——自分の実父でサラの戸籍上の祖父、草薙勲《くさなぎいさお》を横目で睨《にら》んだ。

「孫の初登校について行かないおじいちゃんがどこにいる」

「見送りくらいはするかもしれんが、普通はついて行かねえよ」

草薙の言葉に惣助がツッコむ。

「校門までだから安心しろ。それにサラちゃんのランドセルを買ったのは誰だったかな〜?」

「う……」

惣助は小さく呻《うめ》く。

サラは真新しい、コナン君と同じ茶色のランドセルを背負っているのだが、ランドセルは惣助が想像していたよりもはるかに高く、事前に調べず売り場へ行き値段を見て「たっけ! プレステ5買えるじゃん!」と思わず声を出して驚いてしまい、店員に白い目で見られたほどであった。現金の持ち合わせがなくてそのときは買わずに帰ったのだが、六年間使うならともかく、数ヶ月のために購入するのは躊躇《ためら》われた。そこへ草薙からランドセルを買ってやろうと提案があり、つい飛びついてしまったというわけだ。

「まあよいではないか！　妾《わらわ》は惣助《そうすけ》とおじいちゃんと一緒に登校できて嬉《うれ》しいぞよ」

「うんうん、サラちゃんはいい子だねえ」

本当の孫を見るような顔になった草薙《くさなぎ》に、惣助は嘆息した。

朝の岐阜の街を、娘と父親と祖父が一緒に歩く。

こうしてサラの——そして惣助にとっても——新しい日々が幕を開けたのだった。

CHARACTERS

SALAD BOWL
OF
ECCENTRICS

サラ

NAME

ジョブ：小学生 NEW
アライメント：中立／混沌

STATUS

体力：	35
筋力：	17
知力：	97
精神力：	83
魔力：	95
敏捷性：	36
器用さ：	42
魅力：	91
運：	86
コミュ力：	72

ぼっち中学生

12月8日　8時31分

サラの初登校日から五日ほど遡《さかのぼ》る。

「今日からこのクラスの仲間になる永縄友奈《ながなわゆな》さんよ。永縄さん、自己紹介をお願い」

「…………」

公立沢良《さわら》中学校、一年三組の教室にて。

永縄友奈は、死んだ目で黒板の前に立っていた。


——そういえば妾《わらわ》、実はまだ十二歳じゃった。編入先は小学校になりそうじゃ。


友奈がサラからそう聞かされたのは、三日前、電話で「赤兎馬《せきとば》とオグリキャップが競走したらどっちが勝つか」という話題で盛り上がったあとのことだった（競馬ならオグリキャップ、クロスカントリーなら赤兎馬という結論になった）。

しかもサラは本当は鏑矢惣助《かぶらやそうすけ》の実の娘で、海外の高校を飛び級で卒業したというのも嘘だったという。

あのときは情報量が多すぎて混乱してなにも考えられなかったが、こうして見知らぬ生徒たちの前に立っていると、ふつふつと怒りがこみ上げてくる。

サラが中学に通うという話を聞いた日、友奈は母に転校の話を切り出した。

サラより一足先に沢良中学に通いながら、彼女の入学を待つ——そのつもりだった。

母はそれが友奈の希望ならばと、さっそく転校の手続きに入った。教科書と制服もすぐに揃《そろ》えてくれたので、いまさら転校をとりやめるわけにはいかなかった。

来年の四月になればサラもこの中学に入学してくるはずだが、中学生にとって学年が違うというのは非常に大きい。

「……永縄さん？」

押し黙っている友奈に、生徒たちが訝《いぶか》しげな視線を向け、担任の教師が声をかけた。

「…………よ……」

「……よ？」

担任が首を傾《かし》げる。

「…………よ、よく、も……」

友奈はわなわなと身体を震わせながら、声を絞り出し——

よくもだましてくれたなアアアア!!

教室内に友奈《ゆな》の叫びが虚《むな》しく響き。

転校初日にいきなりこんな奇行をやらかした友奈は、クラスメートたちから「なんかやべーやつ」と認識されることになったのだった——。

（終わり）

あとがき

異世界の皇女サラ、女騎士リヴィアともに色んな人々と交流を重ね、岐阜に住む変人達も徐々に本性を表し、どんどんカオスになっていく人間模様――。そんなファンタジック群像喜劇、『変人のサラダボウル』第2巻をお届けしました。少しでも楽しい時間をお届けできたのなら光栄です。

今回のカバーの背景は、岐阜公園にある板垣退助《いたがきたいすけ》像。この地で演説会を終えた自由党党首、板垣退助が暴漢に襲撃され、「板垣死すとも自由は死せず」という名言を残したことで知られていますが、このとき板垣は死んでおらず、名言も実際に言ったのか言ってないのか定かではないようです。板垣本人が「驚いて何も言えなかった」と語っているのですが、同じような意味の言葉を叫んだという複数の証言があり、さらに後に板垣が監修した本の中では言ったことにされており、板垣的には「正直覚えてないけど言ったことにしておこう」という扱いなのかもしれません。シャミ子が悪いんだよ……。ともあれこの言葉が世間でバカ受けしたため、その後板垣は演説のたびに「板垣死すとも～！　自由は～？」「（聴衆）死せず～！」というコール&レスポンスのファンサを行うようになったのですが、これは今私が作った嘘です。ちなみに私も十年ほど前に大病を患って病院に緊急搬送されたとき、「いま平坂《ひらさか》が死んだらライトノベルが死ぬ！」と叫んで息を吹き返したという逸話があったらいいな。

　この小説の本編で書かれていることも、基本的に現実をベースにしてはいますが、実は作者の嘘や想像も多数含まれます。読者の皆様におかれましては、スナック感覚で事実虚構入り混じる与太話をお楽しみいただければ幸いですが、本に書かれた岐阜や法律や探偵の知識を開陳する際はくれぐれもご注意ください。

　最後にお知らせです。オビでも告知されたとおり、本作のコミカライズ企画が進行中です。凄《すご》い方に担当していただくことになりましたので、続報にご期待ください。

２０２２年１月上旬　言ってない名言で手軽にバズりたい平坂読《よみ》

あとがき

イラスト担当のカントクです。
挿絵で遊ばれるの、嫌いじゃないです。
2巻で既にいいキャラばかりで
安心して楽しめました。
岐阜、いい所じゃないか。

これから少しラブコメ的な展開もあり
そうでワクワクしてます。
異世界勢がそこに絡んでくるかは
いまのところわかりませんが……
というか続きが読めなさすぎる。
打ち合わせですら参考にならない。
読んでビックリしながら笑ってます。
みんな一緒だね。

KANTOKU

GAGAGAGAGAGAGAGAGAG

妹さえいればいい。

著／平坂《ひらさか》 読《よみ》

イラスト／カントク
定価：本体 574 円＋税

小説家・羽島伊月は、個性的な人々に囲まれて賑やかな日々を送っている。
そんな伊月を見守る完璧超人の弟・千尋にはある重大な秘密があった——。
平坂 読が放つ青春ラブコメの最新型、堂々開幕！

GAGAGA

ガガガ文庫

変人のサラダボウル2

平坂 読

発行 2022年2月23日 初版第1刷発行
2024年4月20日 第2刷発行

発行人 鳥光 裕

編集人 星野博規

編集 岩浅健太郎

発行所 株式会社小学館
〒101-8001 東京都千代田区一ツ橋2-3-1
[編集]03-3230-9343 [販売]03-5281-3556

カバー印刷 株式会社美松堂

印刷・製本 図書印刷株式会社

Printed in Japan ISBN978-4-09-453052-0